Le corbillard

Le corbillard

Brian Eaglenor

Les éditions
Héritage inc.

Données de catalogage avant publication (Canada)

Eaglenor, Brian

Le corbillard

(Collection Échos. Niveau II)

ISBN : 2-7625-7884-1

I. Titre. II. Collection : Collection Échos. Ado.

PS8559.A314C67 1994   jC843'.54   C94-940923-5
PS9559.A314C67 1994
PZ23.E23C67 1994

Conception graphique de la couverture : Flexidée
Illustration de la couverture : Luc Normandin

Dépôts légaux : 3e trimestre 1994
Bibliothèque nationale du Québec
Bibliothèque nationale du Canada

ISBN : 2-7625-7884-1   Imprimé au Canada

LES ÉDITIONS HÉRITAGE INC.
300, rue Arran, Saint-Lambert (Québec) J4R 1K5
(514) 875-0327

1

Chantal Carter avait du sang sur la main.

— Saloperie de cordage ! Je me suis encore coupée. Et avec ma chance naturelle, je serai morte d'une hémorragie avant l'heure du party.

— Tu ne sais pas comment t'y prendre, répondit Hélène Sylvain en ramassant les dix mètres de câble de bateau que son amie venait de laisser tomber. Regarde-moi. Il n'y a qu'une seule façon de faire si on ne veut pas se blesser. Et rassure-toi, tu ne mourras pas d'une hémorragie, ma pauvre Chantal. Tu es immortelle comme un vampire. Une fille qui passe son temps à plonger tête première dans les pires situations imaginables, et qui s'en sort indemne chaque fois, ne devrait pas se plaindre de sa chance habituelle.

— Roule ta corde et laisse-moi souffrir, répondit Chantal en prenant un air boudeur.

Où est donc passée cette trousse de premiers soins qu'on avait accrochée au mur au début de l'été ?

— Dans une des boîtes de carton là-bas. Il me semble l'avoir rangée tout à l'heure.

C'était la journée la plus longue de l'été au camp Winokapi, celle de la grande corvée. Les derniers campeurs étaient partis la veille et les moniteurs se transformaient aujourd'hui en hommes et en femmes de ménage. Personne n'y échappait, du directeur du camp jusqu'au dernier des aides-cuisiniers. Il fallait tout nettoyer, tout ranger, tout fermer pour l'automne. Dans moins de vingt-quatre heures, le camp deviendrait un village fantôme. Il dormirait jusqu'en mai prochain, sous les feuilles mortes d'abord, puis sous l'épaisse neige des Cantons de l'Est.

Cette année, Chantal Carter n'avait pas de regrets à la veille de quitter le camp. L'argent qu'elle avait gagné comme monitrice de natation lui avait permis d'acheter sa première voiture. Rien de bien luxueux : une japonaise d'occasion, rouillée de part en part, et qui ne valait sûrement pas plus que la bouchée de pain qu'elle avait payée pour l'acquérir. Mais Chantal l'adorait, sa petite voiture, elle l'appelait sa « luciole ». Gare à qui lui faisait remarquer que ce n'était rien de plus qu'un tacot mal rafistolé, tout juste bon pour la ferraille. Quand Chantal se fâchait, mieux valait ne pas insister. Ses parents, Maurice et Régine Carter, en savaient quelque chose, eux qui avaient essayé tant bien que mal de s'opposer et qui, comme toujours, avaient fini par céder aux cris et aux menaces de leur fille.

Malgré sa hâte de quitter le camp et de filer dans la nature avec sa luciole, Chantal avait été conscrite comme les autres pour la corvée du dernier jour. Ce n'était pas si terrible, d'autant plus que ce soir, pour couronner la saison, les moniteurs de Winokapi s'étaient promis un grand party au bord du lac. On avait fait venir un des meilleurs groupes rock de la région, les Sépulcres, et on avait obtenu du directeur du camp la permission de boire autre chose que de la limonade. Luc Gauthier et Lise Leclerc, les deux chefs moniteurs, avaient même été exemptés de la corvée pour aller acheter de la bière au village de Hamstead.

Chantal et son amie Hélène s'occupaient du hangar des embarcations. Elles devaient rassembler les canots, les chaloupes et les planches à voile pour ensuite les laver et les ranger bien au sec sur des supports de bois. Il fallait de la force pour hisser les embarcations hors de l'eau, mais ni Chantal ni Hélène, championnes nageuses toutes les deux à dix-sept ans, n'étaient des mauviettes. Plutôt grande, brune avec des yeux verts qui prenaient des reflets d'émeraude quand elle se mettait en colère, Chantal était une fille plus pétillante que vraiment jolie. Hélène avait un visage plus doux et plus régulier, avec une longue chevelure blonde qui tirait vers le roux, mais elle n'avait pas le quart du charme de son amie.

— À propos des pires situations imaginables, reprit Hélène, qu'est-ce que tu comptes faire pour régler le cas Dominique ?

— S'il t'intéresse, je t'en fais cadeau, répondit Chantal. Et peux-tu m'aider à serrer ce bandage ?

Hélène soupira. Elle accrocha le rouleau de cordes au mur du hangar et vint donner un coup de main à son amie.

— Il y a des jours où je me demande comment ça tourne dans ta tête. Pour une fois que tu tombes sur un beau gars solide qui t'adore !

Chantal haussa les épaules. Hélène parlait de Dominique Martel, l'instructeur de sciences naturelles du camp. Dominique avait essayé de flirter avec Chantal une bonne partie de l'été. Comme Chantal avait eu le malheur de l'encourager au début, il lui restait attaché comme une ombre depuis ce temps-là. Et ça lui tapait sur les nerfs. D'un certain côté, Hélène avait raison. Dominique était un garçon brillant, gentil, et qui ne s'énervait pas pour rien. Mais ce n'était pas du tout le genre d'amoureux auquel rêvait une fille comme Chantal Carter.

— Je ne l'aime pas. Il est correct, il n'est pas laid du tout. Mais plus ennuyant que ça, tu meurs.

— D'accord, il manque de fantaisie, mais toi, tu en as pour quatre. Et il te faut justement quelqu'un comme lui pour te calmer. Moi, à ta place, j'y penserais à deux fois avant de le laisser tomber.

Chantal regarda un instant son amie. Pauvre Hélène, elle aurait bien aimé être à la place de Chantal, c'était évident. Comme le monde était mal fait! C'est à la sage Hélène Sylvain que Dominique aurait dû s'intéresser, pas à la turbulente Chantal.

— Je n'ai pas envie de me faire calmer. Non, le gars que je voudrais serait très différent des autres. Ce serait un type bien spécial, le genre mystérieux ou étranger, si tu vois ce que je veux dire. Personne ne saurait d'où il vient...

— Et tu l'enverrais promener comme les autres!

— Non, pas lui... Pas lui.

— Des gars comme ça, c'est dans ton imagination qu'ils existent, ma pauvre fille. Uniquement dans ton imagination !

Chantal referma la porte du hangar et y mit le cadenas. Ailleurs, le camp avait l'air d'une véritable ruche. Une équipe balayait la cuisine et les salles de repos. Une autre faisait le tour des huttes et entassait les matelas dans un camion. Plus loin, Yves Légaré, le directeur du camp, donnait des instructions pour le rangement du matériel sportif, tandis que des aides-moniteurs faisaient équipe avec Dominique pour mettre de l'ordre dans la «Maison des crapauds», le bâtiment de bois rond dont on se servait pour les activités de sciences naturelles.

— Il y a dix-sept ans que j'attends qu'il se passe quelque chose dans ma vie. N'importe quoi, un mystère, une aventure, un crime... Et tout ce que j'ai pu récolter jusqu'à présent, c'est un bon garçon sérieux et studieux comme ça n'est pas permis. Non, je dois lui parler une fois pour toutes et mettre les points sur les i. Ce soir, au party, il va comprendre qu'il n'a aucun intérêt à continuer de tourner autour de moi.

— Qu'est-ce que tu vas faire ?

— M'amuser. Avec n'importe qui sauf

Dominique Martel. Je suis prête à danser avec Pierre, avec Jos ou avec Jean-Louis, et même avec Yves, si sa femme ne regarde pas. Et puis, il y aura les Sépulcres. Le chanteur est très sexy. En plus, Luc et Lise vont essayer de faire venir d'autres jeunes de Hamstead et des patelins voisins. Il devrait bien y avoir quelques beaux gars dans le lot. Alors, ma vieille, si tu veux voir quelqu'un profiter de la vie, regarde-moi ce soir.

— Réfléchis à ce que tu vas faire. Dominique pourrait bien finir par se mettre en colère.

— Lui ? Jamais de la vie. Il a une patience d'ange.

Chantal laissa son regard errer longuement sur le paysage. Le soleil de fin d'après-midi allait bientôt disparaître derrière les montagnes. On voyait quelques chalets clairsemés de l'autre côté du lac, petites taches de couleur sur l'épaisse enveloppe de forêt vert foncé. Le camp Winokapi était vraiment isolé du monde. Seule une petite route de campagne, étroite et sinueuse, le reliait au plus proche village, Hamstead, situé à une trentaine de kilomètres au nord. Mais cette route-là, pour Chantal, serait demain celle de la liberté.

Tout à coup, un hurlement d'épouvante

traversa le camp et alla se répercuter en écho sur le flanc des montagnes autour du lac.

— Ça vient de la Maison des crapauds! s'écria Hélène.

Déjà, on accourait de partout et un attroupement se formait autour de l'équipe de Dominique Martel. Que s'était-il passé? Yves Légaré, le directeur, s'approcha.

— Ce n'est rien, expliqua Dominique mal à l'aise. Nous venions de libérer les couleuvres que nous avons capturées au cours de l'été. Et Marjo en a écrasé une en venant nous apporter du café.

Du café, elle en avait renversé partout. Marjo, la fille de la cuisinière, était une bonne personne gentille mais pas très maligne qui passait l'été au camp avec sa mère. Elle avait la phobie des bestioles. On racontait qu'elle faisait tous les soirs le tour de sa chambre avec un insecticide en vaporisateur afin de traquer les araignées.

Dominique montra ce qui avait pu ainsi effrayer la pauvre fille. La couleuvre devait être vieille ou malade. Au lieu de s'enfuir comme les autres dans la forêt, elle était restée près du perron de bois. Marjo ne l'avait pas vue et, en se dirigeant vers la porte de la Maison des crapauds, elle lui avait écrasé la tête par inadvertance. Pendant que la mère de Marjo la ramenait, pleurante et toute pâle, vers la cuisine, Dominique ramassa la couleuvre et la lança dans le bois.

— Bon, dit Yves. Tout le monde à son poste. Pas de party avant que tout ne soit terminé.

— Je suis certaine qu'il l'a fait exprès.

Dominique se retourna. Il avait bien reconnu la voix de Chantal. Elle était là, bras croisés, un regard de défi dans les yeux.

— Qu'est-ce que tu dis?

— Je dis que tu as fait exprès pour effrayer Marjo. Tu devrais avoir honte de t'amuser comme ça avec une retardée mentale. Tu aurais pu la traumatiser.

— Mais qu'est-ce que tu racontes?

— Tu es un hypocrite, Dominique Martel. Je ne veux plus avoir affaire à toi.

Sur ces mots, Chantal tourna les talons et reprit la direction du hangar aux bateaux. Hélène la suivit, complètement abasourdie.

— Alors ça, ma fille, dit-elle, c'est une belle vacherie que tu viens de faire là!

— Je sais, mais aux grands maux les grands remèdes. Si, après ça, Dominique ne comprend pas que je ne veux plus de lui, il ne comprendra jamais.

— Attention, il arrive.

Dominique n'avait pas l'intention de se laisser accuser sans répliquer. Il approchait d'un pas ferme. Chantal eut peur tout à coup. Elle lui trouva l'air menaçant. Serait-elle allée trop loin ? Si jamais il la frappait... Dominique la rejoignit. Elle lui fit face. De près, il avait l'air moins furieux, mais Chantal sentait qu'il se dominait.

— Ça va, dit-il. Inutile de me faire un dessin. On ne s'adresse plus la parole tous les deux, d'accord ?

Chantal fit oui de la tête. Elle n'en revenait pas. Ce garçon bouillait intérieurement et, pourtant, rien ne le trahissait ni dans ses gestes ni dans le ton de sa voix.

— Juste un dernier mot, Chantal Carter. J'ai examiné ta bagnole. Pas besoin d'être un expert pour voir que c'est un danger public. À ta place, je m'en débarrasserais. Et vite.

— Fous-moi la paix !

Dominique prit une grande respiration et s'en retourna en silence vers sa Maison des crapauds. *Je viens de lui briser le cœur*, se dit Chantal. *Mais je n'avais pas le choix.*

Chantal s'aperçut qu'Hélène n'était plus à ses côtés. Elle était rentrée dans sa hutte sans lui dire un mot. *Elle m'en veut elle aussi. Tant pis. Personne ne va me dire quoi faire, merde !*

Elle s'aperçut alors que le bandage de sa

main s'était desserré et que le sang avait recommencé à couler.

2

L'immense voiture noire stoppa doucement. L'homme qui la conduisait regarda sa
montre. Plus qu'une heure à attendre. Là où
il venait de s'arrêter, la route longeait une
sorte de corniche avec vue dégagée sur une
grande partie du lac. L'homme retira ses ver-
res fumés et sortit ses jumelles d'un sac de
cuir posé à côté de son siège. Il pouvait voir
très distinctement, de l'autre côté du lac, le
camp Winokapi qui s'enfonçait peu à peu
dans l'obscurité du soir.

Un grand feu de joie était dressé sur la
berge du lac, en face du terrain de rassemblement. Ce soir, personne n'avait envie de s'as-
seoir en rond pour entonner des chansons de
camp. L'endroit était devenu une piste de
danse ou, mieux, une discothèque en plein
air. Dans un coin, on avait entassé pêle-mêle
tout ce qui restait des provisions de l'été,
quelques douzaines de hot-dogs, deux bocaux
de marinades et des fonds de pots de crème
glacée. Mais ce n'est pas ce qu'il y avait à

manger qui était important, c'est ce qu'il y avait à boire. Luc et Lise étaient revenus de Hamstead en véritables héros, avec une camionnette pleine de caisses de bière.

Yves Légaré n'avait pas pu s'empêcher de pousser des soupirs en les voyant arriver. La moitié de ses moniteurs étaient encore mineurs, et c'était lui, comme directeur du camp, qui était responsable d'eux auprès de leurs parents. Mais d'un autre côté, il n'avait pas tellement le choix. Garçons et filles avaient travaillé comme des fous tout l'été, et il ne pouvait pas toujours les traiter comme des enfants.

Yves passa quand même à deux doigts d'interdire complètement le party. Car, une vingtaine de minutes avant la tombée de la noirceur, les Sépulcres avaient fait irruption sur le terrain du camp. Les membres du groupe n'étaient que cinq, mais ils avaient amené une bonne vingtaine de gars et de filles de Hamstead et des environs, habillés comme eux de longs vêtements de cuir noir couverts de têtes de mort en plastique fluorescent. La plupart étaient venus en moto et faisaient escorte à la vieille camionnette délabrée qui transportait le matériel du groupe. Yves faillit en attraper une jaunisse et il fallut la pression conjuguée de tous les moniteurs et de toutes les monitrices du camp pour lui faire accepter d'accueillir ces «invités».

— O.K., mais attention! pas de drogue ni rien de plus fort que la bière!

Les Sépulcres et leurs amis promirent d'être bien sages et Yves, de son côté, se jura de rester vigilant. Il n'était pas au bout de ses peines. La nouvelle que le camp Winokapi organisait un party avec les Sépulcres avait fait le tour de la région. Et bientôt, d'autres groupes de jeunes, en voiture ou en moto, se mirent à envahir le terrain. Cette fois, Yves menaça d'appeler la police. Pendant qu'il parlementait avec eux, les moniteurs et les membres du groupe se dépêchaient d'installer les haut-parleurs et de brancher le système de sonorisation. Une fois le party commencé, aucun directeur de camp ne serait capable de l'arrêter.

Chantal avait enfilé ce qu'elle avait de plus provocant, une jupe très courte et moulante qui mettait en valeur ses longues jambes finement musclées, ainsi qu'une blouse ample et échancrée. Elle portait des bijoux qui reluisaient sous la lumière des projecteurs et elle s'était abondamment maquillée. En se regardant dans le miroir de sa chambre, juste avant de sortir, elle ne put s'empêcher de penser que sa mère aurait hurlé en la voyant. Parfait, se dit-elle avec un sourire de satisfaction.

Ce qu'il y avait de plus excitant, c'était que le terrain se remplissait de garçons. Il y aurait du choix ce soir. Les moniteurs du camp, elle les connaissait bien, elle les avait côtoyés tout l'été, et elle avait flirté avec un ou deux dans l'espoir de faire enrager Dominique. Une partie des « invités » étaient sans doute venus avec leur blonde, mais il y en aurait sûrement quelques-uns de disponibles dans le lot. Chantal se dirigeait vers la piste de danse quand elle eut soudain un pressentiment. Tous ces gens avaient dû garer leurs véhicules à l'entrée du camp. Est-ce que sa luciole adorée ne risquait pas de se faire abîmer ?

Chantal décida de faire un détour de ce côté avant d'aller danser. Sa petite voiture ne paraissait pas en danger. Elle était toujours là, dans un coin sous les arbres, attendant sagement sa délivrance. Les Sépulcres et leurs admirateurs avaient laissé motos, voitures et camionnettes un peu n'importe où le long de la route. Heureusement, demain matin, tous ces gens auraient disparu et la voie serait libre. Libre, comme Chantal et sa luciole !

Déjà, les premiers accords métalliques des

guitares éclataient dans la nuit. Le party était lancé. Chantal s'apprêtait à rejoindre la piste de danse quand un phénomène insolite attira son attention. Une lueur pâle s'était mise à irradier de la route. Ça ne ressemblait pas à des phares de voiture, et c'est à peine si on entendait bourdonner un moteur. Or, pourtant, ce fut bel et bien un véhicule qui fit son entrée sur le terrain du camp.

Il était énorme et noir, et il luisait comme une sculpture d'ébène poli. Les phares n'avaient rien d'ordinaire. On aurait dit deux yeux jaunes, immenses, qui projetaient un regard de prédateur dans la nuit. Le véhicule passa presque sans bruit devant Chantal. Il avait la taille d'une limousine. Sa carrosserie était couverte de longues moulures chromées de forme sinueuse. L'arrière était plus haut que le devant, mais dépourvu de portières et de fenêtres sur les côtés. Il s'en dégageait aussi une odeur bizarre, une odeur que Chantal eut du mal à identifier. Ce n'était pas celle du gaz d'échappement d'une voiture, c'était plus âcre et plus doucereux à la fois. De l'encens ? Chantal se demanda où elle avait déjà bien pu sentir une odeur semblable. Difficile à dire. Chez la vieille tante Jeanne ? Non, plutôt à la mort de la vieille tante Jeanne, quand elle était allée un soir au salon funéraire. Oui, c'était ce genre d'odeur-là, un mélange de produits parfumés dont se servent les embaumeurs, de couronnes de fleurs mortuaires et... de mort.

Il n'y avait pas à s'y méprendre, ce qui venait d'arriver sur le terrain du camp Winokapi ce soir-là était un authentique corbillard. Il alla se ranger sous les arbres, juste à côté de la voiture de Chantal. Les yeux jaunes qui lui servaient de phares s'éteignirent. L'énorme masse noire se confondait maintenant avec la nuit.

Chantal attendit encore un instant, comme hypnotisée par cette apparition. La portière du chauffeur s'ouvrit. Une silhouette aussi noire que celle du véhicule en surgit, celle d'un homme de haute taille, aux épaules larges. De là où elle était, Chantal ne pouvait pas voir son visage ni la façon dont il était habillé. Sa démarche par contre avait quelque chose de frappant. L'homme avançait en effleurant à peine le sol, avec une souplesse infinie, à la manière d'un félin.

Intriguée, Chantal chercha à le suivre. Mais l'instant d'après, le mystérieux chauffeur du corbillard semblait s'être dissipé dans la nuit. Sans doute avait-il coupé à travers bois pour descendre sur la berge du lac.

Mon Dieu! Ce gars-là est-il venu danser

avec nous ? Là-dedans ?

Chantal s'approcha du corbillard pour jeter un coup d'œil. Il n'y avait pas de lampadaire tout proche et la seule clarté, diffuse, provenait des projecteurs qui avaient été installés à deux cents mètres de là, sur la piste de danse. En dépit de la demi-noirceur, le véhicule paraissait aussi imposant de proche que de loin. Une telle impression de gigantisme, de puissance métallique, de force infernale, d'énergie comprimée et prête à éclater, Chantal n'en avait ressenti auparavant que lorsqu'elle avait visité une exposition de vieilles locomotives à charbon, avec leurs monstrueuses carapaces noires montées sur des roues deux fois plus grandes qu'elle. À côté de cet insolite voisin, la luciole n'avait jamais paru aussi frêle.

Il faut être fou pour conduire un engin pareil. C'est peut-être un croque-mort de métier. Brrr ! Je me demande ce qu'on peut éprouver à rouler là-dedans.

Mais quelque chose lui disait que le chauffeur du corbillard n'était pas un croque-mort qui se déplaçait simplement dans son véhicule de travail. Il y avait quelque chose de particulier dans la voiture elle-même. Chantal se mit à en faire le tour et à l'examiner plus attentivement. Ce n'était pas un corbillard ordinaire. On lui avait fait subir d'importantes modifications. Les pneus étaient plus gros, aussi massifs que ceux d'une auto de course ou d'un véhicule de sport tout terrain. Les phares étaient des lanternes protubérantes posées en saillie sur le devant du capot. La grille du radiateur avait la forme de deux grandes ailes stylisées et largement déployées. Mais surtout, on pouvait voir émerger à l'arrière quatre larges tuyaux d'échappement de couleur argentée.

Cette fois, Chantal en était sûre : le propriétaire de cet engin extravagant était un détraqué. Il avait dû acheter un vieux corbillard d'occasion et il l'avait bricolé pour en faire un bolide. Un bolide qui avait réussi à entrer sur le terrain du camp dans un silence presque parfait mais qui, une fois lancé à pleine vitesse sur la route, devait produire un vacarme épouvantable.

À cet instant, Chantal Carter fut prise d'une envie irrésistible de voir la tête du grand gars à la démarche de chat qui était sorti de cette machine diabolique.

3

J'irai t'aimer jusqu'en enfer!
Yeah, baby!
Et tu verras comme ce s'ra chaud!
Yeah, baby!
Embrasse-moi! Embrasse-moi!
J'ai soif de tout ton feu!
Yeah, baby!

C'était vrai qu'il était beau (ou sexy, comme disait Chantal), le chanteur des Sépulcres. Il s'appelait Patrick Janelle. Pas une fille ne le quittait des yeux en dansant.

— Hé, Chantal! cria Lise. Tu viens danser? Ou tu attends Dominique?

Chantal lui tira la langue. Lise Leclerc était la plus âgée des monitrices du camp, une dégourdie qui semblait n'avoir peur de rien. À cause de cela, et un peu malgré lui, Yves Légaré avait dû la nommer monitrice en chef. Elle et Luc Gauthier, le vétéran côté masculin, formaient une paire de joyeux lurons assez difficiles à contrôler.

— Écoute, dit Chantal, ne me parle plus de Dominique, veux-tu ? Je cherche un gars dont je ne connais pas le nom et que je ne pourrais même pas décrire.

— Ce sont toujours les meilleurs.

— Tout ce que je sais, c'est qu'il vient d'arriver au camp dans un corbillard.

Lise pâlit et parut un instant incapable de parler.

— Qu'est-ce qu'il y a ? demanda Luc en approchant à son tour.

— Chantal a vu un corbillard sur le terrain du camp.

— Ah ? Et alors ?

— Ça ne te rappelle rien ?

Luc fronça les sourcils, comme pour fouiller sa mémoire.

— Tu veux parler de Johnny ?

— Qui d'autre ?

— Tu sais bien que ce n'est pas possible.

— Qui est ce Johnny dont vous parlez ? demanda Chantal.

— Jonathan Abbott, répondit Luc. L'ex-chanteur des Sépulcres avant Patrick Janelle.

— Ce doit être lui que j'ai vu. Il est peut-être venu saluer ses vieux amis.

— Saluer ses vieux amis ? Ouais... Johnny

est mort dans un accident l'an dernier.

Chantal frissonna. Luc hocha la tête. Et juste avant d'entraîner Lise par la main vers la piste de danse, il fit un clin d'œil à Chantal.

— Si tu retrouves ton bonhomme, salue-le de notre part. Mais n'en parle pas aux Sépulcres. Patrick Janelle serait tellement terrorisé qu'il pourrait bien courir se noyer dans le lac.

Ils se moquent de moi, c'est évident. Chantal eut un superbe haussement d'épaules et s'en retourna, tête haute, poursuivre ses recherches.

Elle ne trouva aucune trace du mystérieux conducteur de corbillard, ni sur la piste de danse, ni dans les alentours. Quelques-uns des jeunes à qui elle s'adressa avaient vaguement entendu parler de Johnny Abbott, l'ex-chanteur des Sépulcres, mais c'était tout. À part lui, on ne connaissait personne qui ait jamais eu l'idée saugrenue de rouler en corbillard.

Inutile de s'obstiner : à quoi bon courir après un fantôme, se dit Chantal après plusieurs minutes, quand des gars en chair et en os étaient tout disposés à s'occuper d'elle. À condition de ne pas être trop difficile ! Ils n'étaient pas si beaux que ça, les gars de

Hamstead et, dès qu'ils avaient une bière ou deux dans le ventre, ils pouvaient se montrer assez vulgaires. Mais ce qui importait au fond, c'était de s'amuser. Chantal oublia le corbillard. Au cours des heures qui suivirent, elle dansa dans les bras d'une bonne dizaine de cavaliers différents. De bons gars assez rigolos parfois, et tous plus ou moins bêtes. Un heureux contraste après Dominique !

Ce dernier, justement, semblait avoir trouvé lui aussi chaussure à son pied. Hélène ! Elle n'avait pas attendu longtemps, celle-là, pour aller consoler l'amoureux délaissé. Chantal put constater qu'elle s'accrochait à son cou de façon insistante. Dominique avait l'air de se conduire gentiment avec elle (il aurait été incapable d'agir autrement), mais ce n'était pas la grande passion.

La première heure du party fut placée sous le signe d'une musique très *heavy metal*, gracieuseté des Sépulcres. Puis les membres du groupe allèrent manger des hot-dogs sous la tente pendant qu'on les remplaçait par des cassettes de groupes américains beaucoup plus connus et pas mal plus talentueux. Plusieurs filles tournaient autour de Patrick Janelle. Chantal tenta aussi sa chance de ce côté, mais sans succès. Elle arriva par contre à faire la conquête du batteur du groupe, un costaud appelé Kid qui sentait l'eau de Cologne bon marché et l'huile à moteur. Elle resta avec lui près d'une demi-heure, ce qui fut une sorte de record pour elle ce soir-là.

Kid se souvenait de Johnny mais pas beaucoup : ils n'avaient jamais été très intimes.

— Moi, il me donnait la chair de poule. Il semblait toujours sortir d'un tombeau. Il prenait notre image très au sérieux, et il nous obligeait à afficher des airs macabres, si tu vois ce que je veux dire. Il s'était même offert un corbillard, pas longtemps avant de mourir. Il s'imaginait que nous accepterions de transporter notre matériel là-dedans. Tu te rends compte ?

— Comment est-il mort ?

— Je ne l'ai jamais su exactement. On dit qu'un camion lui a foncé dessus, apparemment sans raison. Il était en morceaux quand on l'a retrouvé. Il a eu des funérailles rapides, et nous avons dû nous mettre en quête d'un nouveau chanteur solo.

À la mine qu'il prenait pour dire ça, Chantal comprit que le Kid trouvait Patrick Janelle bien plus sympathique que Johnny Abbott. Les Sépulcres avaient gagné énormément de popularité depuis la mort de leur ancien chanteur.

De chaque partenaire avec qui elle dansait, Chantal acceptait une autre bière. Ce qui finit par faire beaucoup de bières au total. Surtout que Chantal n'était pas très habituée à boire de l'alcool. Elle n'avait jamais tellement aimé ça au goût, et puis son entraînement de championne de natation l'obligeait à suivre la plupart du temps un régime sévère. La seule fois de sa vie où elle avait « bu un coup », c'était quand elle avait quinze ans, au chalet des parents d'une de ses amies, dans le nord de Montréal. Un souvenir bien désagréable : les deux filles s'étaient rendues malades à vider des fonds de bouteilles qu'elles avaient dénichées dans le bar.

Chantal parvint à tenir le coup une bonne partie de la soirée. Il était près de onze heures quand elle s'écroula complètement, dans les bras de son partenaire du moment, un ami de Kid dont elle n'arriva jamais par la suite à se rappeler le nom. Le garçon l'amena près du feu et il s'assit tout contre elle, pendant qu'elle dormait, la tête posée sur son épaule. En fait, elle ne dormait pas vraiment, elle était simplement engourdie. Chantal se savait consciente de tout ce qui se passait autour d'elle, mais les bruits qu'elle entendait et les visages qu'elle voyait lui apparaissaient comme dans le brouillard d'un rêve.

C'est alors qu'elle l'aperçut.

Il était debout, tout seul, de l'autre côté du feu, devant le lac. La lueur rouge des flammes lui enveloppait le corps. Grand et fort, il paraissait dressé immobile contre la noirceur du ciel et de l'eau. Il avait un visage d'une grande beauté, avec des traits fins et bien dessinés. On ne voyait pas ses yeux, dissimulés derrière des lunettes fumées.

Chantal le fixa longuement, à travers les vapeurs qui engourdissaient son cerveau. Ni l'un ni l'autre ne bougeaient. Lui restait là, bras croisés, comme une statue de pierre élevée devant le lac. Elle, les yeux mi-clos, presque endormie dans les bras d'un garçon qu'elle ne connaissait pas. Mais il se passait quelque chose entre eux ; une forme de communication s'était établie. Un message difficile à déchiffrer, un signe de reconnaissance peut-être ?

Pas un instant Chantal ne douta que cette mystérieuse silhouette ne soit celle du chauffeur de corbillard qu'elle avait cherché au début de la soirée.

Johnny ? Jonathan Abbott ? Impossible, il est mort.

Chantal se dégagea de l'épaule de son compagnon du moment qui, de toute façon, paraissait s'être endormi. Étourdie, elle prit un certain temps à se relever. Une fois debout, le monde se mit à vaciller autour d'elle. Elle chercha un arbre pour s'appuyer, mais c'est dans les bras d'un garçon qu'elle s'écroula.

Johnny?

Elle se sentit bien tout à coup. Il l'entourait de ses grands bras, et elle n'avait aucune envie de lui résister. Son cœur battait à tout rompre. Elle ferma les yeux et se laissa guider tandis qu'il l'entraînait dans un long *slow* quasi immobile. Les pieds de Johnny semblaient à peine toucher terre, et Chantal avait l'impression de danser avec un chat. Elle sentit les doigts du garçon lui caresser la nuque tandis que son visage venait s'enfouir dans ses cheveux. Elle sentit aussi sa bouche remonter le long de son cou, s'attarder près de l'oreille, puis se glisser lentement sur sa joue.

La voix des Sépulcres retentit à nouveau dans les haut-parleurs.

J'ai soif de tout ton feu!

Yeah, baby!

Ça devait être un enregistrement sur cassette, car les Sépulcres n'avaient pas encore recommencé à jouer. Et la voix qui chantait n'était pas celle de Patrick Janelle.

— C'est toi? murmura Chantal.

— Oui. Il y a bien longtemps maintenant.

La voix était profonde, grave, lointaine, pareille à celle du chanteur qu'on entendait en même temps.

J'irai t'aimer jusqu'en enfer
Yeah, baby!

Johnny. Il fallait que ce soit lui. Johnny n'était pas mort et il était revenu hanter ses anciens compagnons, les Sépulcres. Et maintenant, il dansait avec Chantal Carter en la tenant prisonnière contre son corps de félin. Sa bouche se rapprochait, lentement, de plus en plus.

Il va m'embrasser... Est-ce le baiser de la mort?

Alors Chantal ressentit un violent mal de cœur. Prise de panique, elle se dégagea brusquement de l'étreinte du garçon.

Mon Dieu! Ça y est, je vais être malade... Il ne faut pas qu'il me voie comme ça...

Elle s'éloigna en titubant vers un des bosquets qui bordaient le lac à l'écart. Elle savait qu'elle allait vomir, elle en était certaine. Tout ce qu'elle avait pu manger depuis deux jours semblait se presser dans sa gorge, prêt à sortir.

Et c'est bien ce qui arriva. Chantal fut malade comme elle ne l'avait jamais été, même ce fameux soir, au chalet des parents de son amie, quand elle avait vidé des fonds de bouteille, juste pour essayer. Cette fois, Chantal crut que tout ce qu'il y avait à l'intérieur de son corps allait se retourner à l'extérieur, comme on retourne la doublure d'un gant.

Elle n'avait plus qu'une envie maintenant, rentrer dans sa hutte et se coucher. Tant pis pour le party! Tant pis pour Johnny! Mais où était donc sa hutte? Là-bas, de l'autre côté du terrain de rassemblement, derrière le bâtiment principal. Que c'était loin! Jamais elle ne réussirait à se rendre jusque-là.

Où est-il? J'espère qu'il ne me voit pas en ce moment. J'ai tellement honte.

— Hé! Chantal! As-tu besoin d'aide?

Qui était-ce? Hélène. Et Dominique était avec elle. Ils n'avaient pas l'air malades, eux. Ils avançaient vers Chantal, main dans la main.

— Allez-vous-en, dit Chantal d'une voix molle.

— Attends, nous allons te reconduire chez toi, dit Dominique.

— J'ai pas besoin... de toi... Dominique Martel! Et de toi non plus, Hélène Sylvain! Tu m'as piqué mon *chum*!

— Tu es ivre, tu ne sais pas ce que tu dis,

répondit Hélène un peu sèchement.

— Je ne veux plus jamais vous revoir !

Et, se découvrant brusquement un sur-croît d'énergie, Chantal se mit à courir pour échapper à ses amis.

C'est vrai que je ne sais pas ce que je dis ! Je suis ivre et je suis aussi une vraie conne. Je viens de me rendre complètement ridicule.

Chantal fit un détour par le bout de forêt qui passait derrière la Maison des crapauds. Elle était essoufflée. Ni Dominique ni Hélène ne semblaient la poursuivre. En tout cas, elle ne les voyait pas. Elle aboutit tout près du terrain de stationnement. Le corbillard n'était plus là.

Il est parti ! Bien sûr, il ne m'a pas attendue ! Tout ce que j'étais capable de faire, c'est de dégo-biller !

Chantal prit encore quelques minutes pour retrouver son souffle. *Ça ne fait rien... C'est juste un détraqué, un fou qui roule en cor-billard et qui se prend pour Johnny Abbott. On n'a pas idée de rouler en corbillard !* Elle approcha de sa luciole, toute seule maintenant dans son coin.

Moi aussi, il faut que je parte d'ici. Je ne veux plus rien savoir du camp Winokapi. Je ne veux plus jamais remettre les pieds ici !

Elle ouvrit la portière d'un geste brusque et tomba lourdement assise sur le siège. Elle envoya sa tête par en arrière et ferma les yeux un moment.

Je me sens mal, vraiment mal... C'est vrai dans ces moments-là qu'on a juste envie de mourir...

Un éclair lumineux, échappé d'un des projecteurs de la piste de danse, frappa son rétroviseur et lui permit de voir son visage. *Oh! C'est moi ça? Mais c'est affreux... On dirait que je sors d'un tombeau moi aussi... Ou que je m'apprête à y entrer....*

— Elle est là-bas, cria une voix au loin. Elle vient de monter dans sa voiture.

On la cherchait. On venait même de la trouver. Chantal jeta un regard du côté du lac. Ils arrivaient : Dominique, Hélène et Yves, avec une lampe de poche.

Merde! Jamais moyen d'avoir la paix!

Chantal saisit la clé de contact de sa voiture qu'elle traînait toujours avec elle. Elle s'écorcha un peu la main en essayant de la rentrer dans la serrure. Le sang de sa blessure se remit à couler. Mais elle finit par mettre le moteur en marche.

Je n'ai besoin de personne!

Le moteur eut une sorte de hoquet et faillit étouffer.

— Hé ! Attends ! cria Dominique. Ne prends pas la route dans cet état !

— Chantal, je t'en supplie, reprit la voix d'Hélène. Tu vas te tuer.

Mais Chantal n'entendait pas. Ou plutôt, elle n'avait aucune envie d'écouter. Elle fit marche arrière. La luciole recula brusquement, dans un nuage de poussière. Ce fut presque un miracle si elle n'accrocha aucun des autres véhicules stationnés pêle-mêle. Chantal passa en marche avant et appuya de toutes ses forces sur la pédale d'accélération. La luciole s'engouffra sur la route.

La route de la liberté, une route noire comme la mort.

4

Du camp Winokapi jusqu'aux abords du plus proche village, Hamstead, il y avait au moins trente-cinq kilomètres d'une route de forêt tortueuse, à peu près totalement dépourvue de lumière. En fait, on ne commençait à y voir un peu clair la nuit qu'à environ trente kilomètres, au moment de longer les premières fermes. La route n'avait été pavée que sur certains segments, tout le reste, au moins vingt kilomètres, n'étant rien de plus qu'un long ruban de terre durcie, poussiéreux et parsemé de trous. Une forêt haute et extrêmement dense se dressait de chaque côté, sur presque toute la longueur, si bien qu'on voyait rarement le ciel.

Les automobilistes qui avaient l'habitude de circuler dans le coin connaissaient par cœur les moindres courbes de cette route. Les autres avaient intérêt à rouler lentement, surtout quand il faisait nuit. De jour, par temps clair et sec, un habitué pouvait compter une demi-heure pour se rendre du camp Winokapi à Hamstead. Une personne qui se risquait sur cette route pour la première fois en pleine nuit devait calculer au moins quarante-cinq ou cinquante minutes.

Chantal Carter avait pris des cours de conduite en juin précédent, à Sherbrooke, juste avant de partir pour le camp. On lui avait appris à garer une voiture sur le terrain d'un centre commercial, à doubler une autre voiture sur la grand-route et même à changer un pneu. Mais on ne lui avait jamais dit comment conduire, à moitié ivre, en pleine noirceur, sur la route de forêt la plus dangereuse de toute la région.

Elle roulait vite, beaucoup plus vite que ne l'aurait fait quelqu'un de prudent et de sobre. Et au lieu de tenir sa droite, elle conduisait en plein milieu de la route, espérant se donner un peu plus de marge de manœuvre pour négocier les virages et éviter les trous. Par chance, elle ne rencontra aucun autre véhicule en sens inverse.

La seule chose à laquelle elle pensait en roulant, c'était que Dominique, Hélène et Yves se mettraient à sa poursuite. Ils essaieraient de la rattraper. Et ça, il n'en était pas question. Chantal commença à échafauder un plan. D'abord, se rendre à Hamstead. Puis, au lieu de prendre l'autoroute en direction de Sherbrooke, pourquoi ne pas faire une petite virée du côté de la frontière américaine ? Deux ou trois jours seulement, histoire de mettre tout le monde sur les nerfs et, surtout, de montrer qu'on ne veut pas se faire marcher sur les pieds.

La liberté !

Il n'y avait pas dix minutes qu'elle s'était enfuie du camp quand la luciole eut un nouveau hoquet. Chantal sentit brusquement qu'elle perdait de la vitesse. Elle eut beau appuyer sur l'accélérateur, tout ce que le moteur de sa voiture réussit à faire fut de protester bruyamment.

Avance ! Mais avance donc ! Je t'en prie, luciole chérie…

Ça commençait à sentir le chauffé. Une épaisse fumée nauséabonde sortait du capot.

Non…. Maudite bagnole ! Tu ne vas pas me faire ça !

Chantal dut se rendre à l'évidence, le moteur était en train de lâcher. Elle appuya avec rage sur la pédale du frein. La luciole émit un gémissement aigu, puis elle fit une embardée. Elle dérapa d'abord sur le côté, puis les roues de devant plongèrent dans une sorte de fossé couvert de grosses fougères.

Tout ça ne dura qu'une seconde. La tête de Chantal vint heurter le côté du siège du passager avant, puis frappa le tableau de bord. La ceinture de sécurité de la luciole n'avait pas tenu le coup. C'était un des nombreux morceaux de la voiture qui auraient eu besoin d'une révision.

Chantal ne se rendit compte d'à peu près rien. Elle eut seulement le réflexe de fermer les yeux. Et quand elle les rouvrit, elle se retrouva assise dans une voiture en panne, tout enfumée, au bord d'une route enveloppée de noirceur. Sa tête lui faisait mal. Elle sentait aussi quelque chose se presser contre sa poitrine. C'était le volant de la voiture qui lui écrasait les seins. Elle se dégagea, puis examina ses jambes et ses bras.

Rien de cassé ! Qu'est-ce que c'est ça ? Du sang. Ma main ? Non, ça me coule sur le côté de la tête. Dégueulasse…

Elle fut prise soudain d'un fou rire compulsif. *Décidément, j'aurai fait la conne jusqu'au bout. Adieu, les rêves de liberté. Maintenant, il faut attendre que quelqu'un vienne me secourir.*

Chantal sortit péniblement de sa voiture. Elle tâta ses vêtements. Sa jupe s'était fendue sur le côté et sa blouse arborait au moins trois grandes déchirures.

Je dois être laide à faire peur. Mais je suis en vie. J'aurais pu y passer. Qu'est-ce qui m'a pris ?

Qu'est-ce que j'ai à toujours plonger dans la merde ?

Alors elle pensa à Hélène et à Dominique qui allaient arriver d'un instant à l'autre par la même route. De vrais héros : ils viendraient la sauver, ils lui mettraient une couverture chaude, ils la conduiraient sans doute à l'hôpital. Et puis là, ce serait la ronde des sermons : Yves, ses parents, Hélène et ce brave Dominique ! *Je te l'avais bien dit. Gna gna gna...*

Non ! Je ne pourrai pas le supporter !

Chantal regarda sa luciole qui continuait de fumer au bord de la route. Elle prêta l'oreille. Rien. Seulement ces détestables crépitements qu'on entend la nuit, dans n'importe quelle forêt. Des grenouilles, des hiboux, des chauves-souris, des insectes et toutes sortes d'horribles bestioles gluantes qui chassent dans la noirceur. Chantal n'avait aucun goût pour les bêtes, à part les chats et les chiens quand ils n'étaient pas trop gros. Le spécialiste des crapauds et des couleuvres, c'était Dominique. Pour Chantal, les sons de la forêt la nuit ne représentaient que des crépitements. Des bruits de choses rampantes à travers les feuilles, de langues visqueuses qui attrapent une proie dans la boue, de mandibules et de becs crochus, de pattes poilues, de crochets et de griffes sur l'écorce des arbres...

J'ai froid... Quelle heure peut-il être?

Chantal s'aperçut que sa montre avait disparu. Elle avait dû la perdre dans l'auto, ou peut-être avant, au camp? Sur son avant-bras, il y avait une grande éraflure.

J'ai dû accrocher quelque chose. Il ne doit pas être loin d'une heure du matin... Comme j'aimerais dormir. Mais peut-être que je dors?

Une idée lui traversa l'esprit. L'état bizarre dans lequel elle se sentait, mélange de fatigue, d'engourdissement, de douleurs un peu partout, tout cela ressemblait à un cauchemar.

Je me suis endormie, c'est ça? Mais où me suis-je endormie? Autour du feu? Dans ma hutte? Ou... au volant de la luciole?

Le paysage autour d'elle lui paraissait tout à fait irréel, comme entièrement taillé dans l'obscurité. Et les formes qu'elle parvenait à distinguer avaient toutes la couleur noire. Comme si la couleur noire pouvait avoir des teintes et des nuances : noir foncé, noir pâle, noir pastel... Les arbres étaient noirs, la route était noire, le ciel était noir, même la luciole était noire.

Et moi aussi en ce moment, je suis un morceau des ténèbres.

Tous les crépitements autour d'elle semblaient maintenant se rapprocher. La forêt s'apprêtait à l'avaler. Les arbres avaient des bras pour l'envelopper. Des yeux dans l'obscurité. Des chouettes? De petites choses qui bougeaient partout. Crépitements. Des petites choses qui grattaient, qui grignotaient. Des millions de petites choses, partout, autour. Et on ne les voyait pas. Impossible de les voir tant il faisait noir. Des millions de petites choses noires elles aussi, et qui s'approchaient en rampant, en grattant, en grignotant...

Comme j'ai froid... Comme j'ai froid... Pitié, quelqu'un...

Ses sauveteurs n'arrivaient pas. Et s'ils n'étaient pas partis à sa recherche? Et s'ils avaient décidé de l'abandonner? Chantal s'imaginait voir Hélène, furieuse, convaincre Dominique de la laisser se débrouiller toute seule.

— Tu ne lui dois rien! Pense plutôt aux vacheries qu'elle t'a faites!

Non... Par pitié, Dominique. Je n'ai pas envie de rester toute seule dans cette forêt jusqu'à demain. Viens à mon secours. Je te promets de ne jamais plus être méchante avec toi....

Et si une autre voiture passait? Des voyous... Des sales types... Qu'est-ce qu'ils feraient ? Chantal serra l'échancrure de sa blouse. Cette fois, elle avait vraiment peur. Ce n'étaient plus les crépitements qui l'affolaient, mais quelque chose de bien pire.

Alors, malade, apeurée, saignant de la tête, complètement épuisée, Chantal Carter se laissa tomber à genoux sur la route de terre et se mit à pleurer comme elle n'avait jamais pleuré.

Combien de temps s'écoula ainsi ? Chantal aurait été incapable de le dire. Ce qui se passa ensuite ressembla à la fin d'un rêve. Ou plutôt d'un cauchemar. Il y eut un grondement lointain d'abord, étouffé dans le fond de la nuit, un grondement qui s'enfla, devint plus fort, plus puissant, plus menaçant. Puis apparurent les yeux jaunes au milieu des ombres, eux aussi de plus en plus proches. Des yeux d'une bête énorme qui rôdait et grondait sur la route.

Enfin ce fut la carcasse de la bête aux yeux jaunes, une carcasse noire comme le reste de la nuit, avec ses ailes déployées sur le devant, ses moulures chromées, ses roues grosses comme celles d'une locomotive... Une bête sur roues qui vint s'immobiliser près de la luciole en continuant de pousser des grognements d'enfer.

Le corbillard.

Chantal ne bougea pas. Au fond d'elle-même, elle se rendit compte qu'elle l'attendait, qu'elle l'avait toujours attendu. Et maintenant, il lui fallait assumer son destin jusqu'au bout.

Une large portière s'ouvrit. L'intérieur du corbillard s'éclaira. La lumière était si forte que Chantal en eut mal aux yeux. Mais elle le vit, lui, assis sur le siège du chauffeur, avec son visage d'ange et ses lunettes noires.

— Monte, ordonna simplement Johnny de sa voix grave.

Chantal se sentit frissonner, comme si elle avait eu la chair de poule jusqu'à l'intérieur de son corps. Mais elle monta dans le corbillard, s'assit sur le siège gris de cuir tapissé de velours, et elle referma la portière. Aussitôt, une forte odeur de fleurs mortes et d'encens la frappa au visage.

5

Il avait enlevé ses lunettes et il lui souriait. Il montrait de grands yeux presque mauves avec des cils noirs. *Des yeux de velours, comme disait ma mère quand j'étais petite.*

Mais au centre de ces yeux-là, brillaient d'étranges points rouges, incandescents, surgis de loin, de très loin. *Le regard de la folie ? Ou celui de l'enfer ?*

Les énormes roues du corbillard secouèrent la terre poussiéreuse de la route. Le moteur se remit à vrombir avec le vacarme d'un avion qui décolle, et la puissante voiture noire détala dans la nuit, plongeant au cœur de la forêt comme un morceau de la noirceur qui serait devenu fou.

Johnny avait remis ses lunettes. Il conduisait, les mains bien serrées sur son volant, les mâchoires crispées sur son sourire, son visage d'ange très pâle, beau et attirant. Droit devant, la clarté jaune des phares faisait surgir le paysage des ténèbres. On avait l'impression que c'était le corbillard lui-même qui créait la forêt au fur et à mesure qu'il perçait la nuit, comme si l'étroite bande de terre bordée d'arbres qui défilait à toute vitesse sous le bolide ne se mettait à exister, l'espace d'une seconde, que par la seule volonté de Johnny, pour replonger aussitôt ensuite dans le néant.

Cramponnée sur son siège, Chantal n'osait pas bouger. Elle aurait été incapable de le faire, même si elle l'avait voulu. Mais elle n'arrivait pas à s'empêcher de trembler. Elle ne sentait plus ses jambes, mais les muscles de ses bras étaient raides à lui faire mal. Sa respiration n'était plus qu'un souffle court qui faisait sursauter sa poitrine, chaque fois qu'un sanglot menaçait d'exploser en elle.

Elle aurait dû crier. Elle aurait voulu crier, mais il ne lui restait plus assez d'air dans les poumons.

Ralentis, Johnny, arrête ! Je t'en supplie. Laisse-moi descendre ici, n'importe où, là où tu voudras, mais laisse-moi descendre !

Elle n'avait pas dit un seul mot depuis qu'elle s'était assise à côté de lui, sans prendre la peine de réfléchir, comme si elle n'avait fait qu'obéir de façon machinale à un ordre. Parler, ou même seulement chuchoter lui paraissait au-dessus de ses forces. Quelque chose la retenait de prononcer le moindre mot, quelque chose de fou et de puissant à la fois. Et en même temps qu'une effroyable terreur la paralysait des pieds à la tête, en même temps que l'envahissait une angoissante sensation de tomber dans un gouffre béant, elle avait aussi l'impression d'entendre ce gouffre l'appeler doucement, presque tendrement.

Viens, Chantal, viens. N'aie pas peur, c'est le moment… Oui. La mort est là, mais elle est bonne. Tu verras, abandonne-toi à elle…

Non! Non! je veux vivre, moi. Johnny, cesse ta course folle. Par pitié, laisse-moi vivre.

Mais Johnny ne bronchait pas. Il était là tout près d'elle, son visage blême parcouru d'ombres nocturnes, comme un ange de la mort. Oui, c'était exactement ça, un ange de la mort. L'instant fatal allait arriver. Johnny était un passeur, celui qu'on avait envoyé de l'autre côté pour venir la chercher, pour la faire traverser dans l'au-delà. Et c'était ça qu'il faisait en ce moment, la faire traverser dans l'autre monde, avec le seul véhicule approprié pour cette fonction, un corbillard.

Curieusement, toutes ces idées macabres qui se heurtaient violemment à l'intérieur de sa tête finirent par avoir sur elle un effet apaisant. Chantal se résigna. Elle comprenait qu'elle allait mourir, qu'elle devait mourir. Et peut-être qu'elle était déjà morte. Comment savoir? En acceptant de monter dans la voiture de Johnny, ce soir, n'avait-elle pas accepté son destin ?

Elle roulait avec l'ange de la mort sur la route de l'enfer. D'un instant à l'autre, ils franchiraient un portail. Ou peut-être qu'il n'y avait pas de portail. Peut-être qu'il fallait quelque chose de plus violent pour passer de l'autre côté : un accident. Un épouvantable accident. Johnny ferait semblant d'avoir raté un virage. Ou peut-être qu'il le raterait vraiment, sans le vouloir. Et alors, le véhicule irait percuter un arbre. Un de ces arbres immenses et terribles qui paraissaient s'écarter devant le passage du corbillard, au fur et à mesure que les yeux jaunes créaient la route de leur regard...

Arrête, lui cria soudain une voix, *tu es en train de devenir folle !* Cette fois, la voix avait le timbre de son amie Hélène. *Réveille-toi donc, ma pauvre vieille. C'est toi qui dérapes complètement. Il n'y a pas d'ange de la mort. Seulement un gars bizarre, comme tu les aimes, un vrai détraqué. Un gars qu'on devrait interner. Allez, Chantal. Ouvre les yeux, redescends sur terre.*

Elle s'aperçut alors que Johnny avait posé une main sur sa cuisse, une grande main pleine de doigts qui glissaient sur la peau de Chantal.

— Tu viens avec moi, dit-il d'une voix grave et somptueuse. Je t'attendais. Et toi aussi tu m'attendais, hein *baby* ? En enfer, tous les deux...

Chantal haletait. Elle ne sentait plus la main de Johnny. Son corps s'engourdissait de froid et de peur. Son cou n'avait plus la force de tenir sa tête. Elle se retrouva la joue appuyée contre l'épaule de cuir noir du blouson de Johnny. Un parfum mortuaire s'infiltrait dans son nez, dans sa bouche, dans le fond de sa gorge. Puis quelque chose de doux et de tendre se posa sur ses lèvres.

Je t'aime...

Chantal se mit à hurler.

La nuit était là, noire et enveloppante, à peine balayée par la clarté jaune des yeux du corbillard. Mais au milieu de la nuit, droit devant, il y avait un arbre horrible, un arbre grand, fort, haut, avec un tronc d'écorce grise et rugueuse, pâle et dégoûtant comme un immense cadavre.

C'était lui, l'*arbre*, celui contre lequel il serait impossible de ne pas s'écraser...

L'espace d'une étincelle, Chantal crut apercevoir Johnny qui braquait désespérément son volant. Mais c'était inutile. Chantal le savait maintenant. L'arbre était incontournable. Il avait surgi des ténèbres à la place de la route, les branches tendues comme de grands bras crochus, prêts à les accueillir.

Puis, juste avant que tout ne disparaisse, il y eut un immense feu. Le grand feu d'une douleur totale, parfaite, absolue. Le grand feu, parfaitement reconnaissable, de la mort.

6

Mal…

Ni lumière ni son, rien d'autre que le mal. Quelque part, une conscience fouillait l'obscurité et la douleur et recherchait son nom.

J'ai mal…

Des yeux voulaient s'ouvrir mais ils n'y parvenaient pas encore. Ténèbres, silence. Il arrivait pourtant que des fragments de voix s'infiltrent à travers le mal. C'était lointain, étouffé. Des mots?

— Elle a bougé! Regardez ses lèvres. Elle va se réveiller. Merci, mon Dieu!

Maman…

L'obscurité se dissipait peu à peu, le mal avait maintenant une couleur grisâtre. Quelque chose d'encore indistinct prenait forme au centre de la conscience.

Je suis vivante… Je ne sais pas qui je suis, mais je vis encore.

Il s'écoula ainsi quatre jours. Et pendant ces quatre jours, l'esprit de Chantal Carter, oubliant jusqu'à son nom, naviqua dans des eaux sombres et douloureuses entre la vie et la mort. Puis, ce quatrième jour, ses yeux réussirent à s'ouvrir. Sa bouche voulut s'ouvrir elle aussi, en même temps, afin de hurler *Au secours! J'ai mal!* Mais rien ne sortit. Une sorte de râle resta mort-né, inaudible, dans le fond de sa gorge.

— Chantal... Chantal, ma chérie. M'entends-tu? C'est nous, papa et maman.

À la fin du quatrième jour seulement, les sons entendus commencèrent à prendre un sens. Et tous les petits morceaux de conscience éparpillés par la douleur se remirent lentement à s'ajuster les uns aux autres : des noms, des formes, des images, des souvenirs pêle-mêle qui se heurtaient.

Johnny?

Ses parents étaient là, Maurice et Régine Carter, des visages bienveillants en dépit de leurs yeux tristes et de leurs traits tendus. Ils n'avaient pas quitté son chevet depuis la nuit où on avait ramené ici le corps brisé et couvert de sang de leur fille. Ils se mirent à lui parler avec beaucoup de douceur, juste quelques mots à la fois. Elle était à l'hôpital, il s'était produit un accident, elle avait des fractures. C'était un vrai miracle qu'elle soit encore en vie. Voilà.

Un miracle? Mais n'étais-je pas morte? Il y a une erreur! Je devrais être morte. N'ai-je pas accepté de mourir?

Chantal ne pouvait pas leur répondre. Sa mâchoire était toute raide et elle devait sans cesse lutter contre la douleur insidieuse qui, malgré les calmants, continuait de se glisser un peu partout en elle. Il y avait dix mille questions qu'elle aurait voulu poser pourtant.

Racontez-moi tout, par pitié! Je veux savoir la vérité. Je veux qu'on m'explique.

Les jours passaient, les réponses tardaient à venir. On voulait la ménager. Les premières phrases qu'elle put prononcer, à peine des murmures, l'épuisèrent. Mais elle revint à la charge, chaque fois qu'elle le put. Et c'est ainsi qu'en insistant, elle extirpa de ses parents gênés, quasiment au compte-gouttes, le récit présumé de son accident.

Il y avait eu une fête, une sorte de danse au camp Winokapi. Chantal avait bu de la bière, beaucoup de bière. Et après, elle s'était mise au volant et elle était partie rouler en pleine nuit sur une route dangereuse...

Oui, je me rappelle. J'ai dansé. J'ai bu. J'ai été malade... J'ai fait la conne...

— Ma... lu... ciole?

— Il ne reste plus grand-chose de ta voiture, ma pauvre Chantal, dit Maurice

Carter. Elle était irréparable. Nous avons dû l'envoyer à la ferraille. À mon avis, il y a longtemps qu'elle aurait dû s'y trouver.

La nuance de reproche était perceptible, mais Chantal la remarqua à peine. *Qu'est-ce qu'il raconte? Pourquoi envoyer la luciole à la ferraille? Je l'ai seulement abandonnée au bord du chemin, dans un fossé. L'accident est survenu après.*

— Bon, inutile de ressasser tout ça, n'est-ce pas? dit Régine Carter en simulant la bonne humeur. L'important est que tu sois bien vivante.

Oui, moi je suis vivante. Mais lui? (Il y avait un garçon, n'est-ce pas?) Voyons... La luciole s'est arrêtée. Je suis sortie. Il y avait la route, la forêt, les crépitements. Puis il est arrivé. Avec ses yeux jaunes... Johnny?

— Ne t'agite pas comme ça. Nous te ramènerons bientôt à la maison. Tu verras, nous allons nous occuper de toi, tu seras dorlotée comme quand tu étais petite fille. Les médecins disent que tu dois rester en convalescence jusqu'à Noël. Tu vas perdre un trimestre au collège, mais ce n'est pas long un trimestre dans une vie. Hein, ma grande?

Il y avait des yeux jaunes dans la nuit, oui. Et le corbillard est arrivé. La portière s'est ouverte. Je suis montée...

Le soir du huitième jour après l'accident, Chantal se réveilla brusquement en apercevant le visage rayonnant de sa mère, penchée sur son lit. Régine Carter avait l'air d'une fillette excitée d'avoir réussi un bon coup.

— J'ai une surprise pour toi, une visite. Un garçon charmant qui demande souvent de tes nouvelles. Nous lui avons permis de venir, mais seulement quelques instants. Tu veux bien le recevoir?

Johnny?

Chantal fit oui de la tête si promptement qu'elle se tordit les muscles du cou et qu'elle eut l'impression de recevoir un coup de poignard dans la nuque.

— Tu peux entrer, Dominique.

Dominique Martel s'approcha. Il semblait calme, solide comme toujours, mais son visage était crispé et sa voix chevrotait légèrement.

— Salut... Je t'ai apporté des fleurs. Tu n'as pas besoin de parler, si ça te fatigue. Hélène aurait voulu venir, elle aussi. Mais elle n'ose pas, à cause de... de ce qui s'est passé au party. Elle se fait vraiment du mauvais sang pour toi. Euh... Et tous les copains du camp attendent que je leur apporte de tes nouvelles. Luc et Lise en particulier s'informent de toi tous les jours. Sans parler d'Yves qui se sent un peu coupable de ce qui est arrivé. Euh... Il paraît que tu es hors de danger maintenant. Je suis tellement content.

Chantal cligna des yeux mais elle ne dit rien.

— C'est Dominique qui t'a retrouvée sur le bord de la route, quelques minutes après l'accident, dit fièrement Régine Carter. Il était parti à ta recherche. C'est grâce à lui qu'on a pu te conduire à l'hôpital à temps.

— Qu'est-ce... qui... est... arrivé... à John... Johnny ?

Dominique regarda les parents de Chantal. Il y eut un moment de silence gêné dans la chambre. Régine Carter sourit nerveusement.

— Dominique était là, ma chérie. Il va te dire ce qui s'est passé.

Le garçon avala sa salive. La veille au soir, pendant que Chantal dormait, monsieur et madame Carter l'avaient fait venir à l'hôpital pour lui demander son aide.

— Elle est encore sous l'effet du choc, lui avait dit Maurice Carter. Les médecins croient qu'elle prendra un certain temps à démêler ses souvenirs de ses fantasmes. Elle s'imagine avoir roulé à bord d'un corbillard, cette fameuse nuit, en compagnie d'un chanteur appelé Johnny. Chaque fois qu'il est question de l'accident, elle revient à la charge avec cette histoire sordide. Vous pouvez l'aider, Dominique. Vous avez joué un rôle important dans cette affaire. Dites-lui la vérité.

Dominique leur avait dit qu'il ne se faisait pas trop d'illusions sur sa capacité d'influencer Chantal. Mais il avait accepté de venir lui parler.

— Écoute, dit-il doucement. Tu as été malade. Nous étions très inquiets à ton sujet. Quand tu as pris la route, nous avons eu peur pour toi. Hélène était bouleversée. Elle pleurait. Yves aurait voulu partir à ta recherche, mais il ne pouvait pas quitter le camp. Alors il m'a remis les clés de la camionnette et je suis parti aussi vite que j'ai pu. Je t'ai trouvée à environ treize kilomètres du camp. Presque morte. Tu saignais de partout. Tu comprends? Ta voiture était allée s'écraser contre un arbre.

— Non...

— Et maintenant, fais bien attention à ce que je vais dire. Il n'y avait pas d'autre véhicule dans les parages. À part toi, il n'y avait personne non plus. Je te le jure. Tu étais assise seule, inconsciente, au volant de ta propre voiture.

Alors Chantal poussa un cri de douleur,

affreux, comme celui d'une bête qu'on pousse à l'abattoir. C'était son premier cri depuis l'instant où elle avait repris conscience.

— Va-t'en !... Sale... menteur ! ajouta-t-elle dans une sorte de sifflement qui sembla lui sortir du fond de la gorge.

Et sans prendre la peine de regarder les mines désespérées des trois personnes penchées sur son lit, elle se rendormit, épuisée par l'effort qu'elle venait de faire.

7

Si l'enfer existe, c'est à ça qu'il doit ressembler...

Vivre en enfer, c'était l'impression qu'avait Chantal depuis qu'elle était rentrée à la maison. Chaque matin, au lever, une sorte de dégoût la prenait à la gorge, comme un mal de mer qui ne voudrait jamais vraiment cesser. Parfois, elle reniflait des odeurs diffuses autour d'elle, sur sa peau, sur ses vêtements, dans ses cheveux : des odeurs d'encens et de couronnes mortuaires qui lui coupaient la respiration. Elle avait beau se laver, se frotter avec des savons parfumés, ces odeurs persistaient. *J'imagine tout ça*, se répétait-elle comme une forcenée, *il n'y a pas d'odeurs.* Mais l'autosuggestion ne l'aidait pas longtemps. Et elle devait éviter de manger pour ne pas vomir.

Il y avait cinq semaines maintenant que les médecins lui avaient accordé son congé. Ses blessures étaient en voie de guérison. Exception faite d'une petite cicatrice blanche qui continuerait de lui courir sur le côté droit du visage, entre la tempe et l'oreille, elle ne garderait bientôt plus de traces visibles de son accident. Ses parents s'en réjouissaient, et c'est aussi ce qu'elle aurait dû faire. Mais Chantal ne ressentait aucune joie. Il restait d'autres traces de l'accident, invisibles celles-là, des traces dont elle n'était pas près de se débarrasser.

Dans les jours qui avaient suivi la visite de Dominique à l'hôpital, Chantal s'était renfermée dans sa coquille. Elle refusa doré-navant d'aborder le sujet de son accident. On mit cela sur le compte d'une réaction dépres-sive momentanée, consécutive au choc qu'elle avait subi. Quelques semaines de con-valescence à la maison et tout reviendrait à la normale, avaient dit les médecins pour ras-surer Maurice et Régine Carter. Mais ni l'un ni l'autre n'aimaient voir leur fille errer toute la journée, comme un fantôme égaré dans la maison.

C'était ce qu'ils avaient à endurer de pire, cette fermeture complète de leur fille. La Chantal qu'ils avaient ramenée de l'hôpital n'avait plus rien de commun avec la Chantal exubérante, fantasque et sûre d'elle-même qui avait l'habitude de les envoyer promener. Elle paraissait absente le plus clair du temps, indifférente au monde. Et quand elle les regardait, sans les regarder vraiment, avec son air sombre et lugubre, ils en venaient à regretter ses crises de colère épiques d'autrefois.

Pour Chantal, le drame se déroulait à l'intérieur : un mal la rongeait. Elle sentait se désagréger un peu plus chaque jour cette solide confiance en elle qu'elle avait toujours eue. Elle n'arrivait pas à comprendre.

Ce sont eux qui mentent ! Il faut que ce soit eux qui mentent ! Mais pourquoi ? Pourquoi me tourmenter avec leurs mensonges ?

Ou alors je rêve… En ce moment même. Je suis plongée dans un cauchemar dont je n'arrive pas à m'éveiller. Je suis encore à l'hôpital, plongée dans le coma, je lutte entre la vie et la mort. Je rêve ?

Je rêve que je suis éveillée et que mes parents et mes amis me cachent la vérité. Je rêve que je sombre dans la folie. Mon Dieu, qu'est-ce que je peux faire pour me réveiller ? Tout ça n'est-il rien d'autre que du délire ?

Il n'y avait pas de dilemme plus douloureux que celui-là. Ou bien il s'était formé une sorte de conspiration dans son entourage pour nier l'existence de Johnny, ou bien c'est elle-même qui avait tout imaginé : le *slow* qu'elle avait dansé avec Johnny, la panne de la luciole sur la route, puis l'arrivée du corbillard, le baiser et... l'accident. Mais de cette deuxième explication, elle n'arrivait pas à se convaincre, tant le souvenir qu'elle gardait des événements était fortement ancré dans sa mémoire. Toutes les scènes qu'elle avait vécues, elles les revoyait avec une grande clarté, elle était capable de les évoquer sans aucun effort. C'était trop réel pour n'être qu'un fantasme.

À moins que... — et c'était ça le plus terrible à envisager — à moins qu'elle ne soit devenue complètement folle.

Ce dilemme torturait toutes ses pensées. Rien d'autre ne comptait pour elle. À côté de la menace qui planait sur l'état véritable de sa santé mentale, tout paraissait futile ou précaire. Les meubles de sa chambre, ses vieilles poupées, ses trophées, ses bibelots familiers semblaient avoir perdu de leur réalité. Même les gens ne lui inspiraient plus aucun sentiment. Autant le souvenir de cette soirée fatale continuait d'imprégner sa mémoire, autant l'univers quotidien qui l'entourait s'effaçait de sa conscience. Et c'est à cause de ça que, tous les matins à son réveil, Chantal Carter ressentait des nausées.

Puis un soir, alors qu'elle regardait la télé sans trop y prêter attention, elle fut prise d'une envie soudaine de revoir certains des êtres avec lesquels elle avait perdu le contact depuis longtemps. Elle pensa d'abord à Hélène, mais elle se rendit compte qu'affronter sa vieille amie était encore au-dessus de ses forces. Elle prit le téléphone et appela Lise Leclerc, mais la chef monitrice du camp Winokapi n'était pas chez elle. Alors, elle prit son courage à deux mains et composa le numéro de Dominique Martel.

Le lendemain, madame Carter apprit, tout heureuse, que sa fille acceptait enfin de sortir pour aller au restaurant du coin. Chantal s'habilla, se coiffa, se maquilla un peu. Quand elle quitta la maison, vers la fin de l'avant-midi, elle avait beaucoup moins l'air d'un fantôme et, sans ressembler encore parfaitement à l'ancienne Chantal Carter, elle pouvait au moins passer pour une jeune fille en convalescence.

— Salut, dit-elle en voyant Dominique qui l'attendait, assis à une table.

Dominique se leva et fit un geste dans sa direction pour l'embrasser, mais le regard sérieux qu'elle lui lança le convainquit de garder ses effusions pour lui.

— Les études, ça va ? demanda-t-elle en s'asseyant en face de lui.

Elle avait des larmes dans les yeux, des larmes qu'elle avait beaucoup de difficulté à retenir. Dominique fit oui de la tête et lui aussi prit son air le plus grave.

— J'ai... besoin d'aide, dit-elle péniblement. Mais d'abord, je te demande une faveur, celle d'écouter mon histoire. Jusqu'au bout.

Ils commandèrent une soupe mais ni l'un ni l'autre n'en avala plus que quelques cuillerées. Chantal lui raconta sa version de l'accident. Elle le fit sobrement, sans insister sur les émotions que chaque scène évoquée remuait en elle. Dominique l'écouta sans l'interrompre.

— Voilà, je t'ai tout dit. Je sais que je me suis mal comportée envers toi, et je te demande pardon. Mais il faut que tu m'aides, Dominique. Si tu refuses, je devrai me débrouiller toute seule.

— Qu'est-ce que tu attends de moi au juste ?

— Je ne sais pas. Il faut que je sache, il faut que je comprenne exactement ce qui est arrivé ce soir-là. Sinon...

Elle n'acheva pas. Mais des larmes recommençaient à lui mouiller les yeux.

— Bon, dit Dominique. Je veux bien t'aider. Ton histoire m'intrigue. Mais il faut d'abord que tu cesses d'accuser tout le monde de mentir. Ta conspiration du silence autour de Johnny, tu peux l'oublier immédiatement.

Cette fois, Chantal éclata en sanglots.

— Excuse-moi. Je peux te paraître brutal, mais quand on demande de l'aide aux gens, on doit aussi leur faire un peu confiance.

— Tu... ne me... crois pas... folle ?

— Pas plus qu'avant, répondit Dominique en faisant un clin d'œil.

Chantal sourit. Elle essuya ses larmes avec une serviette de papier. Son maquillage avait coulé et, dès qu'elle s'en rendit compte, elle courut aux toilettes se nettoyer un peu.

Quand elle revint, Dominique commanda deux cafés. Il se composa l'allure sévère d'un détective de série noire, puis il scruta longuement Chantal. Elle avait beaucoup changé depuis l'accident. Son visage était nerveux, tourmenté, elle avait une vilaine cicatrice sur le côté droit de son visage. Quand elle pleurait, elle semblait avoir vieilli de dix ans. En dépit de tout, il continuait de la trouver attirante.

— Commençons par écarter les hypothèses les plus évidentes, dit-il. Qu'est-ce que tu as bu ce soir-là ? Rien d'autre que de la bière ?

— Juré.

— Tu n'as pas... consommé de drogue ?

Une ombre d'indignation passa un moment sur le visage de Chantal, et Dominique crut qu'elle allait se mettre en colère. Mais ça ne dura pas. Chantal se contenta de nier fermement. Dominique parut se détendre.

— Et si tu veux savoir, reprit-elle, la première fois que j'ai aperçu le corbillard, j'étais à jeun depuis le dîner.

— D'accord, mettons de côté les hallucinations. Possibilité numéro trois, tu t'endors au volant de ta luciole et tu rêves à tout ce que tu m'as raconté, juste avant que l'accident se produise. D'ailleurs, ça collerait : la fin de ton rêve correspond à ce qui s'est vraiment passé. Dans les deux cas, tu es allée frapper un arbre.

Chantal réfléchit un moment. Elle avait déjà pensé à une hypothèse de ce genre, mais elle l'avait rejetée. Elle savait très bien faire la différence entre le souvenir qu'on garde d'une chose réelle et celui qu'on a d'un rêve. Les scènes de cette soirée qui passaient et repassaient sans cesse dans sa mémoire appartenaient à la première catégorie. C'est ce qu'elle chercha à faire comprendre à Dominique.

— Admettons. Alors il ne reste alors que deux possibilités. Ou bien tout ce qui t'est arrivé relève du surnaturel...

— Ou bien ?

— Ou bien c'est une sorte de mise en scène, un coup monté, si tu préfères.

— Mais qui ? Qui aurait bien pu vouloir faire une chose pareille ?

— Je n'en ai pas la moindre idée. Mais comme je ne crois pas aux esprits, ni aux spectres de chanteurs rock roulant en corbillard, je dois fatalement me rabattre sur cette seule possibilité.

Un coup monté... Était-ce vraisemblable ? Non, pas vraiment. On ne « monte » pas un coup pareil, se dit Chantal, même par méchanceté. Mais cette fois, elle ne chercha pas à contredire Dominique. Il se montrait disposé à l'aider, et elle avait vraiment besoin de cette aide.

— Que pouvons-nous faire ? demanda-t-elle.

— Peut-être que la première chose sensée serait de retourner sur les lieux du crime.

— Du crime ?

— Juste une façon de parler. Demain, c'est samedi. Aimerais-tu qu'on aille faire une balade du côté du lac Winokapi ?

Chantal frissonna. Il ne lui avait même pas demandé si elle se sentait la force nécessaire pour aller jusque-là. Mais elle accepta.

8

Plus de sept semaines s'étaient écoulées depuis l'accident. L'automne avançait, avec une deuxième quinzaine d'octobre bien entamée. L'aspect de la région avait beaucoup changé. Toutes les nuances de jaune, d'orangé et de brun parcouraient maintenant les taches encore sombres du vert des montagnes et des forêts.

Dominique et Chantal roulèrent jusqu'au lac Winokapi sans échanger plus que quelques mots. Chantal, le nez collé sur sa fenêtre, les yeux grands ouverts, cherchait désespérément à reconnaître les lieux de l'accident. Mais absolument rien ne correspondait aux images de cauchemar qui la hantaient. La lumière dorée de l'automne jetait sur les lieux un éclairage bien différent de celui d'une nuit de la fin du mois d'août. Les arbres hauts et forts qui escortaient la route de chaque côté, sur presque toute la longueur entre Hamstead et le camp Winokapi, n'avaient plus l'air bien menaçants. Les courbes elles-mêmes et les crevasses semblaient s'être estompées. Au lieu de crépitements sinistres, l'air se remplissait de chants d'oiseaux.

Chantal espérait qu'une illumination se produirait tout à coup, qu'elle pourrait reconnaître la courbe où le corbillard avait percuté l'arbre. À plusieurs reprises, elle se dit *Oui, c'est là*, mais un détail survenait chaque fois et la persuadait qu'elle se trompait. Ils se rendirent ainsi jusqu'au camp Winokapi. Tout était fermé depuis longtemps. Dominique gara sa voiture derrière une barrière cadenassée. Un lourd silence régnait sur les bâtiments et sur les berges du lac dont les eaux avaient pris une couleur glacée.

C'était la première fois que Chantal retournait ici depuis la nuit fatale où elle était montée à bord de sa luciole pour s'enfuir. Elle revit les abords du camp où les Sépulcres et leurs amis avaient garé pêle-mêle leurs véhicules, là où elle avait vu le garçon à la démarche de chat faire son entrée en corbillard puis disparaître dans la nuit. Ils marchèrent ensuite près du lac et du hangar des embarcations, et enfin le long du terrain de rassemblement qui avait été converti en piste de danse ce soir-là. Tout était encore là, bien en place, sous un ciel bleu éclatant de milieu d'automne.

— Allons-nous-en d'ici, dit Chantal. J'ai froid.

— D'accord. Mais si tu y consens toujours, nous ferons un arrêt sur le chemin du retour. Je te montrerai l'endroit précis où je t'ai retrouvée.

Ils remontèrent dans la voiture pour faire route cette fois en direction de Hamstead. Malgré une luminosité différente, Chantal reconnut plus facilement l'aspect des lieux. Elle fut même en mesure de revivre en succession les scènes telles qu'elles s'étaient déroulées cette nuit-là.

Elle se revit d'abord furieuse au volant de sa luciole, planifiant de s'enfuir du côté de la frontière américaine plutôt que de rentrer à Sherbrooke. À quoi pensait-elle alors ? Pourquoi était-elle si en colère ? Parce que Johnny était parti ? Parce qu'elle avait été malade ? Ou parce qu'elle avait vu Hélène Sylvain chercher à faire la conquête de Dominique ?

— Dominique ?

— Oui ?

— Est-ce que tu sors encore avec Hélène ?

— Hum... Ça nous arrive de temps à autre, oui. Mais...

— Mais ?

— Je ne peux pas dire que ça va très bien entre nous.

Chantal fut tentée d'insister mais elle ne le fit pas. Ces quelques mots lui procuraient une sensation de soulagement. Si Dominique s'éloignait d'Hélène, il pouvait encore se rapprocher de Chantal. En dépit de tout... Restait à savoir comment réagirait Hélène.

— Nous y sommes, dit Dominique.

Chantal reconnut l'endroit où la luciole avait eu ses premiers hoquets. Puis une fumée nauséabonde était sortie de sous le capot. La rage au cœur, Chantal avait appuyé sur le frein et...

— C'est ici. Tu as dû faire une embardée et ta voiture a plongé dans le fossé.

— Arrêtons-nous.

Il ne restait aucune trace visible de l'accident. À l'endroit où la luciole avait quitté la route, les fougères et les herbes avaient eu le temps de repousser.

— Tu m'as dit que j'étais allée m'écraser contre un arbre.

— Ce n'était pas un bien gros arbre.

— Où est-il ?

— Bien, je crois que c'est celui-là, sur le talus. Il est encore penché.

— Non, Dominique. Je n'ai pas frappé d'arbre ici. Ma voiture s'est arrêtée dans le fossé. Puis j'ai ouvert la portière. Je saignais un peu, sur la main et sur le côté de la tête. Mais j'étais bien vivante, et consciente. Je suis allée au milieu de la route. C'est là que Johnny m'a ramassée.

Dominique hocha la tête et ne dit rien. Chantal non plus. L'arbre qu'il lui avait montré n'avait rien de commun avec celui qu'elle avait vu se dresser devant le corbillard, pendant une fraction de seconde, un arbre immense comme une muraille grise, lépreuse, couverte de bras crochus.

— Bon, dit-il. Je vois que je ne t'ai pas convaincue. Je regrette.

— Moi aussi. Remontons dans la voiture.

Ils poursuivirent en silence leur route vers Hamstead. La lumière du jour faiblissait depuis quelques minutes. Le soleil allait bientôt se coucher. Et avec la brunante, la forêt recommençait à ressembler un peu plus à ce qu'elle avait été la nuit de l'accident.

— Arrête-toi ici, dit Chantal, d'une voix à peine audible.

— Quoi ?

— Regarde. C'est lui, j'en suis sûre : l'arbre.

Dominique rangea sa voiture sur le côté. Il y avait bien un gros arbre gris en bordure de la route, juste dans le coude d'un tournant particulièrement dangereux.

— Celui-là ? Je le connais bien, cet arbre. Chaque fois que je passe par ici, je me dis qu'on devrait l'abattre. C'est une chance qu'il n'y ait jamais eu d'accident. Je veux dire, d'accident connu. Mais c'est plausible. Ton histoire a peut-être du sens.

Chantal sourit. Son visage rayonnait. Dominique, par contre, fronça les sourcils.

— Non... non, ce serait un peu fort, dit-il au bout d'un moment. Il faudrait croire que ton Johnny est venu frapper cet arbre avec son corbillard, qu'il s'en est tiré indemne, puis qu'il est retourné là-bas, à trois ou quatre kilomètres en arrière, pour aller porter ton corps plein de sang dans ta luciole.

— Merde, Dominique, tu viens juste de me dire que mon histoire était plausible. Et maintenant tu dis le contraire. Peut-être que Johnny est mort dans l'accident et que quelqu'un d'autre m'a transportée.

— Hum... Ça fait beaucoup de peut-être. Ce mystérieux personnage t'aurait ramenée à ta voiture et il aurait fait disparaître Johnny ? Voyons... Regarde ton arbre et dis-moi si tu vois la moindre trace d'une collision. Si une voiture de cette taille était venue le heurter, tu ne penses pas qu'elle aurait pu au moins lui arracher un peu d'écorce ?

— C'est lui, Dominique. J'en suis sûre. Je le reconnais.

Chantal était furieuse mais sa fureur lui faisait du bien. C'était de l'énergie qu'elle injectait dans tout son corps, de la détermination, de la combativité. Elle avait décidé de comprendre, et elle réussirait même si Dominique Martel refusait de la croire.

Elle vint poser ses mains sur l'arbre. Dominique avait raison, il ne subsistait aucune trace de collision. Pourtant...

Elle regarda le sol dans les alentours, cherchant un indice. Puis elle ferma les yeux, s'efforçant de se remémorer la scène. Johnny l'avait embrassée, puis l'arbre était apparu devant eux, brusquement. Johnny avait dû manquer la courbe. Elle l'avait vu braquer désespérément. C'était la dernière chose dont elle se souvenait.

Mais si Johnny avait réussi sa manœuvre à temps ? Si le corbillard avait finalement évité le gros arbre gris ? Chantal n'aurait pas pu s'en rendre compte puisqu'elle avait déjà perdu connaissance. Alors l'accident aurait pu se produire un peu plus loin, juste après le tournant. Le cœur battant, Chantal fit encore quelques pas en examinant le sol. Dominique était resté derrière, bras croisés, adossé à sa voiture.

Cinq ou six mètres plus loin, un autre arbre paraissait avoir été déraciné récemment sous l'effet d'un choc violent. La foudre? Ou un accident de voiture? Chantal se pencha pour mieux voir. Mais la lumière était insuffisante.

Mon Dieu… si près de trouver la vérité, et il fait si sombre.

Que j'ai froid!

Quelque chose luisait par terre comme un caillou brillant. Chantal tendit la main et s'en empara. C'était un morceau de métal, un tout petit morceau arraché à quelque chose de beaucoup plus grand : un segment d'une moulure sinueuse et chromée, comme elle en avait vu sur les flancs du corbillard.

Chantal était transie. Elle se releva. La tête lui tournait. Ce petit morceau de métal, elle le serra si fort dans sa main qu'elle faillit se faire saigner.

— Dominique! cria-t-elle.

— Tu as trouvé quelque chose?

Et soudain une idée épouvantable lui traversa la tête.

Si l'accident a eu lieu ici, il faut que

quelqu'un m'ait transportée jusqu'à ma luciole. Si ce n'est pas Johnny, une seule autre personne était en mesure de le faire : Dominique Martel. Il ne ne m'a peut-être pas trouvée là où il le prétend. Ça veut dire qu'il m'a menti et qu'il continue de me mentir. Il sait, lui, ce qui est arrivé à Johnny et au corbillard ! Il le sait, mais il ne veut rien me dire.

Chantal était pâle. Les nausées la reprirent brusquement. Elle regagna la voiture en titubant. Dominique lui ouvrit la portière.

— Non, je n'ai rien trouvé, dit-elle. Rentrons.

9

Chantal resta muette pendant tout le chemin du retour. Si ce brusque changement d'attitude intrigua Dominique, il n'en laissa rien paraître. Il déposa Chantal devant la maison de ses parents vers dix heures.

— Salut, merci.

— On se rappellera ?

— Oui, c'est ça.

Il n'essaya même pas de l'embrasser. Heureusement pour lui, car Dominique Martel était peut-être à ce moment-là la dernière personne au monde que Chantal Carter avait envie d'embrasser.

Le doute, ce mal plus affreux que tout, venait à nouveau de s'abattre sur elle. Chantal avait espéré un moment pouvoir élucider le mystère de façon simple et rationnelle. Et maintenant, elle était obligée, une fois de plus, de se rabattre sur une explication sordide, de croire à un coup monté, une sorte de farce macabre que ses proches lui auraient destinée. Dominique en était le maître d'œuvre. Il tirait les ficelles et s'efforçait par tous les moyens de lui dissimuler la vérité. Tout cela relevait du délire, Chantal en était consciente. Mais y avait-il une seule autre explication sensée?

Chantal monta dans sa chambre sans dire un mot à ses parents. Dans l'état d'esprit où elle se trouvait, elle n'aurait pas trouvé surprenant que Maurice et Régine Carter aient été de mèche avec Dominique. Elle voyait des complots partout, elle était entourée de conspirateurs. Le mensonge régnait en maître dans sa vie. Mais c'était ou bien le mensonge ou bien la folie... Ce soir-là, Chantal pleura longtemps dans son lit avant de s'endormir.

Elle s'éveilla tard le lendemain. Et c'est la voix d'Hélène Sylvain au téléphone qui la réveilla. Cette voix fut comme un baume sur ses blessures. Chantal avait envie de parler à quelqu'un.

— Écoute, dit Hélène, ça fait longtemps qu'on s'est vues toutes les deux. Je... je trouve que ce n'est pas bien. Nous étions de bonnes amies.

Hélène? Pourquoi pas?

— Je t'attends.

— Je passerai chez toi après mon cours, vers la fin de l'après-midi.

Chantal fit une drôle de tête toute la journée, mais Régine Carter se rassura quand elle apprit que cette chère Hélène viendrait rendre visite à sa fille. Dominique hier, Hélène aujourd'hui : si Chantal cherchait à revoir ses anciens amis, n'était-ce pas parce qu'elle prenait du mieux ? Enfin, c'était à espérer.

Les deux amies se jetèrent dans les bras l'une de l'autre en se voyant. Très vite, elles se remirent à échanger des potins comme autrefois. L'une autant que l'autre faisaient des efforts pour ne pas aborder la question de l'accident. Hélène parla de son nouvel instructeur de natation. Chantal affirma sans trop de conviction qu'elle comptait reprendre l'entraînement en janvier. La conversation dériva ensuite sur les allées et venues de leurs amis communs. L'un d'entre eux s'était trouvé du travail en Ontario. Un autre avait déménagé à Montréal. Et ainsi de suite, jusqu'à ce que Chantal demande des nouvelles de Lise Leclerc. Oui, répondit Hélène, Lise sortait encore avec ce bouffon de Luc Gauthier et ils faisaient toujours les quatre cents coups ensemble. Yves Légaré ne voulait pas les rengager l'an prochain. Lise... Luc... Yves... le camp Winokapi... C'est ainsi que le sujet de l'accident arriva malgré tout sur le tapis.

— Qu'est-ce que tu veux dire, des *séquelles* ?

La voix de Chantal tremblait. Hélène rougit et se mordit la lèvre inférieure. Il y avait à peine une demi-heure qu'elle était arrivée chez les Carter, et voilà qu'elle venait de prononcer un mot fatal.

— Tu es au courant de mon histoire, c'est ça ? Dominique te raconte tout, je suppose ?

— Calme-toi, Chantal. Je n'ai pas revu Dominique depuis au moins trois semaines. Mais nous sommes quelques-uns à nous inquiéter de... ce qui t'arrive. J'ai appelé tes parents.

— Mes parents... Mais de quoi se mêlent-ils, ceux-là ?

— Mais tu ne comprends donc pas ? Ta pauvre mère est au bord du désespoir. Il y a des jours où elle me tient des heures au téléphone. Elle a peur.

— Elle a peur ? Moi aussi, j'ai peur.

— Nous avons tous peur de ce qui t'arrive, ma vieille.

— Personne ne me croit. Personne ne veut me croire.

— Mais mets-toi à notre place. Ton histoire est complètement invraisemblable. Et tu n'as pas le début d'une preuve...

— Une preuve ? Tu veux une preuve ? Regarde ça. Tu vois ce que c'est ? Je l'ai ramassé sur le bord de la route, là où s'est produit l'accident ! Le *vrai* accident.

Hélène regarda un instant le bout de métal chromé que Chantal tenait dans la paume de sa main. Elle grimaça.

— Ma pauvre Chantal ! Des preuves comme ça, on devrait être capable d'en trouver sur tous les bords de route du monde !

— Alors, c'est ça ! Tu me crois folle toi aussi !

— Écoute, je ne suis pas venue ici pour discuter de ça. Mais si tu m'y pousses, je te dirai que oui, c'est vrai, tu devrais consulter un médecin... euh... spécialisé. Un accident comme le tien *peut* laisser des séquelles. Il n'y a rien de honteux là-dedans. Ça arrive tous les jours. Ce que je dis, c'est pour ton bien.

— Merci du conseil. Et maintenant fiche le camp !

Hélène devint blanche. Elle se leva, mâchoires serrées, des larmes dans les yeux. Chantal ne la regarda même pas.

— Je n'ai pas besoin de conseils, dit-elle durement. Et de toi moins que quiconque, Hélène Sylvain.

Puis elle se retourna brusquement vers son amie, le visage en furie.

— Je sais pourquoi tu es venue ! C'est

parce que Dominique a recommencé à rôder autour de moi. Tu es jalouse, tu as peur de le perdre.

Chantal venait de toucher une corde sensible. Ce fut au tour d'Hélène d'éclater.

— Mais pour qui te prends-tu, Chantal Carter ? Ton Dominique, tu peux le garder jusqu'à la fin de tes jours, je m'en contrefiche. Tu penses que c'est un type bien avec ses petits airs de boy-scout, mais Dominique Martel est un menteur et un hypocrite. À ta place, c'est la dernière personne au monde à qui je ferais confiance !

Chantal ressentit comme un coup de poignard toute la haine qu'Hélène vouait à Dominique. Elle avait voulu faire sa conquête mais il l'avait repoussée. Et maintenant que Chantal semblait le faire rentrer dans sa vie, Hélène se sentait trahie. Tel était le message qu'elle apportait à Chantal : se méfier de Dominique !

Comme si j'avais besoin en ce moment qu'on me mette en garde contre Dominique Martel !

Chantal se dit qu'elle devrait considérer Hélène comme son ennemie maintenant. Mais ne l'était-elle pas depuis longtemps ? N'avaient-elles pas toujours été en concurrence l'une avec l'autre ? N'étaient-elles pas des rivales, des adversaires, dans la vie autant que dans le sport ?

Le coup monté... Le soir de l'accident, quel rôle Hélène avait-elle joué ? Pourquoi soupçonner seulement Dominique ? Quelqu'un d'autre avait pu partir à la recherche de Chantal pendant qu'Yves et Dominique allaient prendre les clés de la camionnette, quelqu'un qui serait arrivé sur les lieux de l'accident avant Dominique, quelqu'un qui aurait eu le temps de faire disparaître les traces du corbillard. Qui ? Hélène Sylvain ?

Chantal leva la tête. Hélène avait disparu. Elle avait dû partir en claquant la porte. C'était fini. Les retrouvailles n'avaient rien donné. Une fois de plus, Chantal vivait ce sentiment oppressant que le monde entier s'était ligué contre elle.

Des séquelles... Dans un rare moment de lucidité, Chantal avait déjà fouillé dans un dictionnaire médical pour connaître le nom de la maladie dont elle souffrait. Elle avait trouvé : paranoïa, manie de la persécution... N'était-ce pas ce que tout le monde pensait à son sujet ? Chantal préférait s'accrocher à des fantasmes de complot plutôt que de regarder la réalité en face... Elle avait des tendances schizoïdes... C'était ce que disait le dictionnaire médical. Et des comportements suicidaires aussi... L'art de se jeter tête première dans la merde, comme disait Hélène.

Alors c'est elle qui a raison, je suis folle.
Cette fois, j'en suis sûre. Je vis dans mes halluci-
nations.... Je suis folle...

Chantal s'écroula en pleurant. Le téléphone sonna. Elle laissa passer quatre coups
avant de décrocher.

— Salut, *baby*.

— Qui... est-ce?

— Moi, répondit une voix grave, bien
claire, typique.

— John... Johnny?

— *Yeah, baby!*

— Mais... tu devrais être mort.

— Je suis mort, *baby*. Toi aussi, tu es
morte. Et maintenant, tu dois venir me rejoindre en enfer.

10

— En tout cas, on peut être certain maintenant que quelqu'un te fait marcher.

— J'ai encore besoin de ton aide, Dominique. *Il* veut que j'aille le rencontrer à Hamstead, chez lui, à six heures.

— À Hamstead, tu dis ? Chez lui ?

— Il m'attend dans une petite maison de ferme sur une butte, à la sortie du village.

— Tiens donc. Notre correspondant est très bien informé. Johnny Abbott habitait effectivement une maison de ce genre à Hamstead.

— Comment le sais-tu ?

— Oh, je ne suis pas resté inactif depuis deux jours. J'ai fait ma petite enquête sur ce monsieur Abbott. Et j'ai appris des choses très intéressantes à son sujet. Tu veux les entendre ?

Jonathan Abbott avait toujours été un être à part des autres. Adolescent, il s'était pris de passion pour les sciences occultes. La magie noire en particulier exerçait une grande fascination sur lui. À quinze ans, on le mettait à la porte de son école parce qu'il organisait des rites sataniques. Il passait ensuite par toute une série de centres d'accueil pour délinquants. À dix-huit ans, il prétendait avoir conclu un pacte avec les puissances des ténèbres. Peu de temps après, il fondait un groupe rock qui versait dans le macabre, les Sépulcres. Johnny en était le chanteur soliste et, sans connaître le succès qu'aurait par la suite son remplaçant, Patrick Janelle, il pouvait compter sur une poignée de fans fidèles. Mais même ceux qui l'aimaient le considéraient comme un parfait cinglé. Son grand rêve était de transformer les concerts des Sépulcres en cérémonies spirites et de faire surgir des enfers de véritables démons. Dans les derniers temps, les autres membres du groupe avaient cessé de le suivre. Et quand il leur avait imposé de transporter leur matériel dans son corbillard, ils s'étaient révoltés. Quelques heures avant que Johnny Abbott ne meure écrasé sous les roues d'un camion, les Sépulcres avaient pris la décision de se séparer de lui.

— C'est surtout Luc et Lise qui m'ont raconté tout ça, poursuivit Dominique. Ils ont eu l'occasion de le rencontrer quelques fois. Ce Johnny ne laissait personne indifférent. Même encore aujourd'hui, nos deux amis ne semblent pas très à l'aise quand ils parlent de lui.

— Oui, je sais. Il *est* très impressionnant.

— Et sais-tu qui d'autre a connu Johnny Abbott? Le directeur du camp Winokapi lui-même. Yves Légaré était éducateur à l'époque dans un des centres d'accueil que fréquentait Johnny. Et tu connais Yves? Un brave gars, mais plutôt influençable. Il s'est fait piéger. Johnny l'a obligé une nuit à assister à une messe noire. Tu vois le tableau? Ça a fait scandale à l'époque, et Yves a perdu son emploi.

Yves? Après Dominique, après Hélène, fallait-il donc soupçonner Yves maintenant? Il avait connu Johnny autrefois. Quelle sorte de lien avait donc pu se nouer entre eux?

— Johnny avait vingt et un ans quand il est mort. Certains croient qu'il était drogué, mais ça n'a jamais été prouvé. Des témoins l'ont vu marcher comme un zombie sur l'autoroute. Un camion-citerne est passé sur lui à plus de cent vingt kilomètres à l'heure. On l'a retrouvé en bouillie. Personne ne l'a pleuré. On s'est dépêché d'incinérer son corps, et les Sépulcres ont engagé Patrick Janelle pour consoler leurs fans. Maintenant, écoute bien la suite. Johnny n'avait aucune famille. Il est mort sans testament. Il y a un vieux notaire à Hamstead qui devrait s'occuper de la succession, mais les choses traînent depuis un an. La maison de Johnny a été mise sous clé, avec toutes ses affaires. Elle est restée sans surveillance. Il paraît que les pillards et les vandales s'en sont donné à cœur joie.

— Mais son... sa voiture ?

— Le corbillard a été remisé dans un garage, ici, à Sherbrooke.

— Tu as pu le voir ?

— Non, et c'est ça le plus troublant. Le corbillard a disparu voici deux mois, quelques jours à peine avant ton accident. Un voleur est entré par effraction dans le garage et a réussi à mettre le moteur en marche. On ne l'a plus revu depuis. La police a enquêté mais, comme il n'y avait pas de propriétaire ou de compagnie d'assurances pour faire pression, elle n'a pas fait de zèle pour le retrouver.

— Et tu en conclus quoi ?

— Bien, on peut supposer que l'espèce de maniaque qui se fait passer pour Johnny Abbott a jugé que le corbillard serait un accessoire indispensable à sa supercherie.

— Je dois aller à Hamstead, ce soir. J'ignore qui est ce maniaque, comme tu dis, mais il faut que je lui parle. Il est le seul au monde à pouvoir m'expliquer ce qui s'est passé la nuit de mon accident.

— Je comprends.

— Dominique, tu peux me conduire ?

— Tu sais que je ne peux rien te refuser. Je passerai te prendre à cinq heures trente. Il se peut que je demande à Luc de venir lui aussi. À moins que la perspective de rencontrer le fantôme de Johnny Abbott ne le fasse hésiter.

— Il n'y a rien de drôle là-dedans.

— Excuse-moi. À ce soir.

La journée fut très longue. Depuis le téléphone qu'elle avait reçu la veille, Chantal était sur les nerfs. Toute la nuit, elle s'était demandé si elle devait ou non à nouveau faire appel à Dominique. Mais elle n'avait personne d'autre vers qui se tourner. Ses parents n'étaient vraiment pas dans le coup. Elle s'était brouillée avec Hélène. La police ? D'autres amis ? À peu près tout le monde la prenait pour une mythomane. Non, il n'y avait pas d'autre choix. Chantal ne faisait plus confiance à personne, et elle se méfiait tout particulièrement de Dominique. Mais que ce fût lui ou non qui tirait les ficelles, il restait le seul à pouvoir l'accompagner à Hamstead.

L'heure du rendez-vous approchait. Chantal était seule à la maison. Son père devait travailler tard au bureau et sa mère rendait visite à une amie malade. Chantal lui avait dit qu'elle sortirait avec des amis ce soir, rien de plus.

Cinq heures trente... Six heures moins vingt-cinq... Six heures moins vingt... Toujours pas de Dominique. Chantal bouillait d'impatience. Elle se décida enfin à l'appeler chez lui. Elle tomba sur un répondeur automatique et raccrocha avec rage. À l'instant même, son propre appareil se mit à sonner.

— Allô, Chantal ?

— Dominique ! Mais qu'est-ce que tu fais, pour l'amour du ciel ?

— J'ai un contretemps. Je suis encore au collège. Mon frère a emprunté la voiture sans m'avertir. Mais j'attends Luc d'un instant à l'autre. Nous te prenons à la maison.

Un contretemps ! Chantal n'en revenait pas. Le moment le plus important de sa vie approchait, et monsieur Martel la faisait poireauter. Elle regarda l'heure pour la millième fois. Il était trop tard maintenant pour arriver au rendez-vous à six heures. Mais si elle partait immédiatement, elle pouvait encore espérer être à Hamstead vers six heures quinze. Elle ne serait en retard que de quelques minutes.

Chantal réfléchit à toute vitesse. Le seul moyen était d'emprunter la voiture de sa mère, garée devant la maison. Elle serait dans l'illégalité : on lui avait retiré son permis de conduire à cause de l'accident, et elle n'avait pas le droit de reprendre le volant avant un an. Mais tant pis, il y avait urgence. À ses yeux, tout au moins, c'était ce qu'on pouvait appeler une question de vie ou de mort.

Les clés de la voiture étaient dans l'entrée, sur le guéridon. Chantal n'hésita pas. L'instant d'après, elle quittait Sherbrooke à bord de la petite voiture de sa mère. Elle prit l'autoroute et se dirigea vers l'est. Quinze minutes plus tard, elle était à Hamstead.

Et le soir tombait.

11

Chantal connaissait assez bien Hamstead, un gros village loyaliste typique des Cantons de l'Est, avec deux églises protestantes et une catholique, un hôtel de ville coquet surmonté d'une tour d'horloge et plusieurs fermes laitières d'apparence prospère. La plupart des moniteurs du camp Winokapi venaient y faire leur tour à quelques reprises durant l'été. C'était ici qu'on allait chercher le courrier des campeurs, par exemple, ou qu'on se procurait les fournitures et provisions qui manquaient, quand il ne valait pas la peine de rouler jusqu'à Sherbrooke.

Chantal n'eut pas trop de mal à trouver la petite maison de ferme où avait habité Johnny Abbott. Elle était perchée sur le haut d'une butte boisée, au bout d'une route isolée, à environ un demi-kilomètre du village. Un étroit chemin de terre sinueux comme un serpent y conduisait à travers les broussailles. Chantal engagea la voiture sur ce chemin et roula très lentement jusqu'au sommet de la butte.

Elle se gara sur un des côtés de la maison. Puis, sans prendre le temps de réfléchir, elle entreprit une première inspection des lieux. La maison de Johnny Abbott paraissait abandonnée depuis des décennies. On avait cloué des planches devant les fenêtres, mais la plupart avaient été arrachées et jetées à terre. Des éclats de verre brisé jonchaient la galerie de bois rouge qui menait à la porte de devant. La plus grand partie des bâtiments souffraient d'un état de délabrement avancé. Les champs, laissés en friche bien avant la mort de Johnny, ressemblaient maintenant à une jungle de plantes sauvages.

À l'arrière, Chantal découvrit une petite remise effondrée et, plus loin, en partie enfoncé dans un bosquet de conifères, elle aperçut une sorte de hangar qui avait pu servir de garage. Chantal frissonna. Était-ce là que Johnny Abbott rangeait son corbillard ?

Il n'y avait personne. Quelle heure était-il donc ? Six heures vingt... Déjà ? Celui qui lui avait donné rendez-vous était-il donc parti ? Chantal fut tentée de tout laisser tomber. Elle se dit qu'elle devrait rentrer à Sherbrooke. Sa mère ne se serait probablement pas encore rendu compte de sa fugue. Il n'allait pas tarder à faire noir, et cette petite maison abandonnée ne semblait pas valoir la peine qu'on l'examine très longtemps. Par les fenêtres défoncées, Chantal avait pu voir qu'il ne restait plus rien à l'intérieur. Si Johnny avait laissé des meubles ici ou des effets personnels, il y avait longtemps que voleurs et vandales avaient tout emporté.

Mais d'un autre côté, elle n'avait pas fait tout ce chemin pour rien. Il fallait qu'elle entre jeter un coup d'œil. Ça ne lui prendrait que quelques minutes. Chantal se rappela que sa mère gardait en permanence une petite lampe de poche dans la boîte à gants de sa voiture. C'était une lampe de poche de dépannage qui n'avait pas une très grande portée. Mais, en ce moment, même la flamme d'une allumette aurait été préférable à la noirceur. Chantal retourna à l'auto. Juste comme elle allait ouvrir la portière, elle eut une étrange sensation. Des yeux l'observaient. Elle eut beau tourner la tête de tous les côtés, il n'y avait personne en vue. Aucun bruit suspect, aucun mouvement nulle part ne trahissait une présence humaine. Et pourtant, cette sensation était très nette. Quelqu'un devait l'épier dans l'ombre.

Chantal avait peur maintenant. Une partie d'elle-même la poussait à entrer dans l'auto, à verrouiller toutes les portes et à s'enfuir sans demander son reste. Mais une autre partie la retenait. L'ancienne Chantal Carter, fonceuse et déterminée, voulait reprendre le dessus. Ce n'était pas le moment de démissionner, se disait-elle. Elle était venue ici pour rencontrer quelqu'un, et si ce quelqu'un se cachait, elle attendrait qu'il se montre.

Munie de sa lampe de poche, elle marcha donc à pas lents jusqu'à la maison. Elle monta sur la galerie. Les planches de bois vermoulues se lamentaient sous ses pas. La porte était fermée, mais elle n'était probablement plus verrouillée depuis longtemps. Les vandales et les pillards ne s'étaient pas contentés d'entrer et de sortir par les fenêtres, ils avaient réussi à briser la serrure de la porte.

Chantal avança la main et tourna la poignée lentement. La porte s'ouvrit. Tout était sombre à l'intérieur, tout était vide. Il ne restait rien. De fortes odeurs d'humidité et de bois moisi se mêlaient à la puanteur des détritus que les visiteurs avaient laissés quand ils étaient entrés par effraction.

Il n'y avait que trois pièces dans la maison, une entrée qui avait dû se prendre pour un salon, une petite chambre au fond et une cuisinette avec salle de toilette. Les calorifères et les tuyaux avaient été arrachés en plusieurs endroits. Le faible rayonnement de la lampe de poche faisait s'enfuir de toutes petites choses avec des pattes qui grouillaient dans les fissures entre les planches et dans les trous des murs.

Chantal n'avait plus très envie de fouiller ces décombres. Un détective aguerri aurait peut-être réussi à dénicher des indices intéressants. Mais Chantal n'était pas un détective aguerri. Elle ne voyait rien qui puisse lui servir. Mais surtout, elle n'arrivait pas à se débarrasser de cette sensation extrêmement désagréable que des yeux dans l'ombre suivaient ses moindres mouvements.

Pourquoi ne se montre-t-il pas ? Pourquoi cherche-t-il encore à me terrifier ?

Mais peut-être que ce n'est pas lui... D'autres personnes savaient que je viendrais ici ce soir. Une d'elles a pu se rendre ici avant moi et me tendre un piège. Dominique ? Mon Dieu ! Et si c'était lui aussi qui m'avait appelée hier soir, en déguisant sa voix ?

Je dois sortir d'ici. Je n'aurais pas dû m'attarder aussi longtemps dans cet endroit. J'ai encore fait la conne en venant ici toute seule.

Chantal se dirigea vers la porte pour sortir. Elle était fermée. Quelqu'un l'avait-il fermée de l'extérieur ? Ou était-ce Chantal elle-même qui l'avait fait machinalement en entrant ?

Il est là, derrière cette porte. Il m'attend sur la galerie. Je devrais sortir par une fenêtre. Oui, c'est ça. Sortir par une fenêtre...

Non, arrête! C'est stupide. Il n'y a personne sur la galerie. C'est encore ton imagination.

Chantal tourna la poignée de la porte. Elle dut s'y prendre à trois fois à cause de sa nervosité. Une bouffée d'air frais l'accueillit quand la porte s'ouvrit. Il n'y avait personne sur la galerie. Mais Chantal ne se sentait pas soulagée pour autant.

Je sais qu'il est là. Mais où? Qu'il se montre donc! Qu'il se montre, que je sache enfin qui il est...

Elle descendit de la galerie et, tout en se dirigeant vers la voiture de sa mère, elle s'efforça d'éclairer les environs avec sa petite lampe de poche. Effort dérisoire : il faisait nuit maintenant, et c'est à peine si la lumière blafarde arrivait à atténuer les ombres.

Il peut être n'importe où, derrière un arbre ou dans les buissons. Accroupi dans l'obscurité. Il me regarde....

— Qui est là ? appela-t-elle d'une voix qu'elle aurait voulue plus décidée.

Trois secondes plus tard, un claquement sec fit sursauter Chantal. Cela provenait du fond de la cour, à l'arrière de la maison, du côté du bosquet de conifères. On aurait dit deux planches de bois se heurtant avec force. Le rayon de sa lampe de poche ne se rendait pas jusque-là, mais Chantal eut la certitude que la porte du hangar venait d'être ouverte.

C'est alors que commença le grondement, un bruit sourd, profond, menaçant, encore lointain mais bien distinct. Un moteur avait été mis en marche. Chantal se figea. Était-ce la voiture de sa mère? Non, le grondement ne venait pas du côté de la maison. Quelque chose parut bouger autour du hangar. Chantal éteignit sa lampe de poche, laissant ses yeux s'habituer à l'obscurité.

Une masse sombre s'avançait très doucement vers la maison. De lourdes pattes noires écrasaient les hautes herbes sous leur passage. Et au fur et à mesure que la masse sombre marchait dans la nuit, le grondement s'enflait, devenait plus rauque et plus puissant.

Chantal recula. La voiture de sa mère était de l'autre côté de la maison. Pour s'y rendre, il faudrait qu'elle fasse le tour par l'avant. La silhouette immense qui avait surgi du hangar se dirigeait droit vers elle. Elle se profilait maintenant, à moins de dix mètres de la galerie. Chantal cessa de bouger. La silhouette s'arrêta à son tour, mais le moteur continua de gronder à l'intérieur de la carapace noire.

Chantal était debout sur la galerie maintenant, devant la porte de la maison, face à son ennemi, face à un être énorme, recouvert des noirceurs de la nuit, prêt à bondir sur elle si elle faisait le moindre geste. Chantal s'aperçut que son corps à elle ne lui obéissait plus. Tout ce qu'elle réussit à faire fut de reculer de trois misérables petits pas. Elle se retrouva paralysée, le dos contre la porte de la maison.

— Johnny ! hurla-t-elle.

C'est alors que les terribles yeux jaunes du corbillard s'ouvrirent sur elle.

12

La clarté était intense, aveuglante. Deux soleils fous projetaient leurs feux sur toute la maison. Le corbillard s'était immobilisé à quelques mètres à peine de la galerie. Il avait le regard d'un fauve contemplant une proie sans défense avant de la dévorer.

Un bruit de métal assourdissant déchira la nuit. Une voix brailla quelques mots puis, par-dessus le grondement étouffé du moteur, des accords nerveux de guitares montèrent à l'assaut de la nuit. Les Sépulcres jouaient à tue-tête à travers les haut-parleurs du corbillard.

J'irai t'aimer jusqu'en enfer !

Yeah, baby !

Chantal mordait son poing pour contenir les hurlements d'épouvante qu'elle sentait monter en elle. Son ventre lui faisait mal et elle n'avait plus de force dans les jambes. Elle était prête à se laisser aller à la panique, à décrocher complètement, à perdre conscience. Mais une partie d'elle-même résistait et continuait de vouloir combattre.

Ressaisis-toi. Ce n'est pas un fantôme. Il n'y a plus de Johnny Abbott. Quelqu'un cherche à te faire peur. C'est un coup monté, une mise en scène. Tu peux t'en sortir.

Du coup, elle trouva le regain d'énergie dont elle avait besoin. Elle bondit sur sa droite, vers l'extrémité de la galerie.

Et tu verras comme ce s'ra chaud !

Yeah, baby !

Elle aurait voulu courir de toutes ses forces, solliciter chacun des muscles de son corps comme lorsqu'elle effectuait un sprint à la nage. Mais ses jambes étaient encore molles et son ventre continuait de la torturer.

Embrasse-moi, embrasse-moi !

— Non !

Elle sauta de la galerie, elle tomba plutôt, et vint heurter quelque chose de métallique et de luisant.

J'ai soif de tout ton feu !

Yeah, baby !

C'était la voiture de sa mère. Elle se précipita sur la portière pour l'ouvrir. Où était la clé ? Chantal poussa un gémissement de bête blessée. Elle n'arrivait plus à se rappeler ce qu'elle avait fait de la clé. L'avait-elle échappée ? Elle sortit de la voiture et commença à fouiller fébrilement le sol de ses mains.

La chanson cessa.

Chantal tourna lentement la tête en direction du corbillard. Elle n'entendait plus que le grondement du moteur, mais il était toujours là, immobile devant la galerie qu'il enveloppait de son regard jaune. Il y eut un mouvement sur le côté gauche du véhicule. Une portière s'ouvrit.

Une silhouette apparut. Elle avait forme humaine, mais était-ce bien un être humain ?

Johnny... Il n'était qu'à dix pas d'elle maintenant. Il marchait avec une certaine lenteur, mais beaucoup de souplesse. C'est à peine si l'herbe paraissait se froisser sous la semelle de ses bottes. Son visage restait plongé dans l'ombre mais le reflet de ses lunettes noires brillait à la hauteur des yeux.

Chantal regarda dans toutes les directions. Par où fuir ? Elle partit au hasard, en direction de la remise, derrière la maison. Mais elle n'avait pas fait trois mètres que son pied droit s'enfonçait dans un trou dissimulé par la broussaille. Elle tomba durement, face contre terre.

Johnny continuait de marcher vers elle, silencieux, de son pas de chat. Chantal se mit à sangloter. Elle avait perdu toute chance de lui échapper. Elle avait mal partout, et elle savait qu'elle serait incapable de se relever sans aide. Elle resta étendue sur le ventre, les yeux tournés vers le sol. Les pas s'approchaient toujours. Ils n'étaient plus qu'à quelques centimètres de son visage.

Une main descendit vers elle.

— Viens, *baby*.

Toujours la même voix, la voix de la chanson.

— Non, par pitié... laisse-moi tranquille !

Johnny lui attrapa un bras avec sa main et commença à la soulever de terre. C'est alors que tout s'éclaira d'un seul coup, comme si un metteur en scène venait de faire allumer les projecteurs sur un plateau de cinéma. Une lumière blanche se répandit autour d'eux. Cette lumière-là ne provenait pas du corbillard. C'étaient les phares d'une autre voiture qui venait d'arriver.

Johnny réagit sur-le-champ. Il lâcha Chantal et s'élança à toute vitesse vers son corbillard.

— Arrête ! s'écria une voix encore lointaine.

Chantal connaissait cette voix. Ce n'était pas celle de Dominique. Qui d'autre alors ?

— Ça suffit, Michel Santerre, reprit la voix, arrête-toi !

Mais le fuyard s'était déjà engouffré dans

son véhicule. Et en quelques manœuvres rapides, il avait réussi à le pousser à travers champs et à dévaler la butte vers la route.

Chantal aperçut de loin quelqu'un qui tentait de bloquer le chemin au corbillard. Elle le reconnut lorsque les yeux jaunes l'éclairèrent de front. C'était Luc Gauthier, moniteur en chef du camp Winokapi. Il avait les bras levés très haut dans les airs et faisait signe au conducteur de stopper. Il faillit être frappé de plein fouet. Le bolide noir le frôla avant de s'enfuir à travers la nuit.

Chantal vit alors une silhouette féminine courir à l'aide de Luc. Lise Leclerc était donc venue elle aussi. Il y eut un bruit tout près. Chantal sursauta. Un homme s'approchait d'elle.

— Tout va bien, dit-il.

Qui donc pouvait prétendre ainsi que tout allait bien ? Chantal leva les yeux. Un long bras solide l'aida à se remettre debout. Puis deux longs bras solides l'entourèrent. Chantal se laissa faire. Ses paupières se refermaient. Elle se sentait bien.

— Nous sommes arrivés à temps, on dirait, murmura Dominique. Le mystère est éclairci.

Chantal n'en pouvait plus. Elle éclata en sanglots.

— Ne crains rien, nous finirons par le rattraper. Nous connaissons son nom maintenant. Il s'appelle Michel Santerre. C'est un comédien de la région.

Dominique lui tendit une couverture chaude dont elle s'enveloppa. Ils marchèrent jusqu'à la voiture de Luc et s'installèrent tous les deux sur le siège arrière. Chantal n'arrivait pas à se réchauffer. Elle pleurait encore et sa peur continuait de lui glacer le sang.

— Nous allons quitter cet endroit sinistre et nous arrêter quelque part prendre un café, dit Dominique. J'appellerai ta mère pour lui dire de ne pas s'inquiéter, ni pour sa fille ni pour sa voiture.

Chantal se calma. Elle leva vers Dominique des yeux pleins de gravité.

— Oui, dit-elle lentement, je pense qu'il serait temps d'avoir des explications.

Luc et Lise vinrent les rejoindre. Luc paraissait de mauvaise humeur. Il n'avait pas réussi à arrêter le corbillard, mais quelque chose d'autre le contrariait. Une sorte de malaise existait entre Dominique et lui. Chantal s'en aperçut aussitôt que Luc s'installa au volant de sa voiture. Lise aussi devait être concernée. Elle ne semblait pas avoir très envie de rester avec eux. Elle eut l'air soulagée quand on lui demanda de ramener la voiture de madame Carter à Sherbrooke. Elle retrouva la clé de contact sous le siège avant. Chantal avait dû la perdre en fouillant la boîte à gants pour prendre la lampe de poche.

Les deux voitures quittèrent Hamstead l'une derrière l'autre et gagnèrent ensemble l'autoroute. Comme convenu, Lise continua vers Sherbrooke, tandis que Luc, Dominique et Chantal s'arrêtaient, dix minutes plus tard, dans un restaurant.

— Quand tu as raccroché cet après-midi, commença Dominique, j'ai tout de suite compris que tu chercherais à aller à Hamstead par tes propres moyens. Alors, j'ai demandé à notre ami Luc de m'accompagner. Il était avec Lise. Je leur ai raconté ton histoire. Tu aurais dû les voir blêmir tous les deux quand je leur ai dit que Johnny Abbott t'avait donné rendez-vous à sa maison de Hamstead...

— Nous ne pouvions pas savoir que ça finirait comme ça ! s'écria Luc.

— Bien entendu, répondit Dominique, non sans une pointe d'ironie dans la voix. Mais je suis sûr que Chantal aimerait entendre tes confidences.

13

Luc Gauthier n'était pas très fier de lui, et il dut faire preuve de beaucoup de courage pour raconter son histoire devant Chantal Carter. Mais il avait un poids sur la conscience, un poids dont il lui fallait se libérer. Dominique ne lui laissait pas le choix non plus. Il devait parler. Il avait déjà commencé à le faire, un peu plus tôt, pendant la quinzaine de minutes qu'avait duré leur trajet entre Sherbrooke et Hamstead. Il avait consenti à livrer, péniblement, morceau par morceau, les principaux éléments de l'affaire. Et maintenant, assis en face de la principale victime des événements qu'il avait involontairement déclenchés, Luc Gauthier ne cherchait qu'une seule chose, se faire pardonner.

Tout avait commencé deux semaines environ avant la fermeture du camp Winokapi. Lise et Luc avaient profité d'un congé de deux jours pour faire une balade du côté du lac Mégantic. Ils avaient campé dans un endroit de villégiature appelé Green Cove. Et là, l'envie leur avait pris d'aller voir la pièce que présentait le théâtre d'été de l'endroit. S'ils avaient décidé de faire autre chose ce soir-là, rien de tout ce qui s'était passé par la suite n'aurait probablement eu lieu.

La pièce elle-même n'avait rien de bien extraordinaire. Luc ne se souvenait même plus du titre. La seule chose qui comptait, c'est qu'il avait vu sur scène un jeune acteur de talent, Michel Santerre, qui aurait pu être le jumeau identique du défunt chanteur solo des Sépulcres. Lise avait été frappée elle aussi par cette ressemblance. Luc et elle avaient connu Johnny Abbott peu de temps avant sa mort. Ils se rappelaient très bien son visage troublant d'ange fou, ses cheveux en bataille et ses éternelles lunettes noires. Dans la pièce, Michel Santerre jouait le rôle d'un motard. Il était habillé et coiffé à peu près de la même manière que Johnny. Et surtout, dans une scène en particulier, lorsqu'il mettait des lunettes noires devant ses yeux, on aurait vraiment pu croire que Jonathan C. Abbott était revenu sur terre.

C'est alors que l'idée avait germé dans la tête de Luc Gauthier.

Après la mort de Johnny, il avait gardé contact avec certains des Sépulcres. Il venait justement d'obtenir que le groupe se produise au party des moniteurs de Winokapi dans une quinzaine de jours. Patrick Janelle viendrait faire son numéro de charme habituel. Qu'arriverait-il, s'était demandé Luc, si au beau milieu du spectacle le spectre de Johnny, avec sa veste de cuir, ses bottes et ses lunettes noires, apparaissait brusquement et pointait un doigt vengeur sur le beau Patrick ?

Lise trouva l'idée bien bonne et, tous les deux, ils décidèrent d'inviter Michel Santerre à prendre un verre avec eux.

— C'était un drôle de gars. Il nous a écoutés poliment, sans avoir l'air de trouver notre blague spécialement amusante. J'étais sûr qu'il refuserait. Mais d'un autre côté, je ne pouvais pas m'empêcher de penser qu'au moment même où nous lui parlions, ce Michel Santerre était en train de composer son personnage. Il nous regardait de la même façon que Johnny le faisait autrefois, avec une sorte de froideur ou d'absence dans les yeux. Il a bu une bière ou deux, et je craignais que les choses se terminent ainsi. Mais pas du tout. À ma grande surprise, il me dit que le projet l'intéressait. Le lendemain, il venait nous rencontrer au terrain de camping de Green Cove. Il avait gardé son habit de scène et ses lunettes fumées. Même en plein jour, la ressemblance était extraordinaire. En un rien de temps, il avait adopté la démarche de chat qu'avait Johnny autrefois. Sa voix aussi était devenue plus grave, plus sombre. Je lui ai prêté une vieille cassette des Sépulcres pour qu'il s'entraîne. Mais ce n'était pas suffisant. Il me demandait toujours d'autres détails à propos de Johnny. Alors, je lui ai parlé du corbillard... Il a tout de suite mordu à l'idée. Ce devait être notre punch, Johnny Abbott quittant le camp à bord du véhicule qui l'avait rendu célèbre. Le plus difficile était de mettre la main sur le corbillard de Johnny, ou encore d'en dénicher un semblable. Nous n'avions pas beaucoup de temps, mais ça n'avait pas l'air de trop inquiéter Michel. Il m'a promis de s'occuper de tout.

Luc s'arrêta un instant pour prendre une gorgée de café. Chantal le fixait du regard avec une rare intensité. Elle était pâle et buvait chacun des mots de son récit. Il poursuivit.

— C'est moi qui lui ai trouvé l'adresse du garage où avait été entreposé le corbillard après la mort de Johnny. Je pensais qu'il se contenterait d'un simple « emprunt » discret, un jour ou deux, juste le temps de monter notre coup. Michel n'a eu aucune difficulté à entrer dans ce garage. C'était en fait une sorte de remise où on rangeait des bagnoles accidentées ou saisies, des autos abandonnées, sans propriétaires ou sans numéros de série. Tu vois le genre. La surveillance était à peu près nulle. Michel s'est débrouillé pour démarrer le moteur. Je n'aimais pas ça. Si quelqu'un s'apercevait de cette disparition et avertissait la police, Lise et moi pouvions avoir des ennuis. Mais Michel me jura qu'il reviendrait aussi discrètement ranger le corbillard dans le garage, le lendemain du party. Je ne me suis pas méfié. J'aurais dû... Ce gars-là était en train d'entrer dans la peau de Johnny, il était en train de se prendre pour Johnny, et moi, tout ce que je pensais, c'était qu'il serait parfait au party, que l'illusion serait totale. Je sais bien que les comédiens professionnels ne changent pas de personnalité comme ça. D'habitude ils font très bien la différence entre ce qu'ils sont et le personnage qu'ils jouent. Sauf qu'il arrive qu'un comédien n'ait pas la tête très solide. On en a déjà vu se laisser envahir totalement par leur rôle, au point de perdre leur véritable identité. Michel Santerre est un dingue. Et je lui ai fait cadeau du rôle de sa vie.

— Parle-lui maintenant de ce qui s'est produit le soir du party, intervint Dominique.

— Le party... Oui, j'y viens. D'abord, il faut dire que nous ne nous sommes plus revus après Green Cove. Nous avions échafaudé notre plan et tout aurait dû se dérouler comme prévu. Mais le soir du party, les choses ont commencé à déraper. Michel devait arriver vers onze heures, ranger discrètement le corbillard sous les arbres, puis rester caché près de la Maison des crapauds et attendre mon signal, vers minuit, pour faire son apparition. Or, il est arrivé beaucoup plus tôt. C'est par toi, Chantal, que nous l'avons appris. Il était à peine sept heures trente, et tu nous annonçais que tu avais vu un corbillard sur le terrain du camp. Je suis parti à la recherche de Michel pour lui demander des explications. Impossible de le trouver. J'espérais qu'il resterait caché au moins jusqu'à minuit. Mais non, il a décidé de se montrer bien avant et de t'inviter à danser, toi, Chantal.

— Mais qu'est-ce qu'il me voulait ? Pourquoi moi ?

— Je n'en sais rien. Nous l'apprendrons quand nous aurons pu lui parler. Mais je suppose que ça a un rapport avec le fait que tu es la seule à l'avoir vu arriver au camp. Il t'a sans doute repérée et il a pu t'épier une partie de la soirée. Il est difficile de savoir ce qui se passe dans la tête d'un gars qui perd complètement les pédales. Peut-être que tu l'as contrarié sans le vouloir et qu'il a décidé de se venger en te faisant peur. Peut-être qu'il t'a choisie pour victime, à la place de Patrick Janelle. Peut-être aussi qu'il t'a simplement trouvée de son goût...

— Oh! je t'en prie!...

— Non, sérieusement. Ça me trotte dans la tête depuis un bon moment : tu es exactement le genre de fille que Johnny recherchait, Chantal.

— C'est de Michel que nous parlons, coupa sèchement Dominique, pas de ce Johnny!

— En tout cas, conclut Luc, il m'apparaît évident que le bonhomme a développé une véritable fixation sur toi.

Un malade mental, voilà ce que Chantal avait à ses trousses. Un comédien plus ou moins déboussolé qui avait le malheur de ressembler au macabre Johnny Abbott et qui avait décidé de troquer sa personnalité contre celle du chanteur mort.

— Moi, ce soir-là, je ne savais plus quoi faire, reprit Luc. Michel se comportait de façon tout à fait bizarre, mais je n'ai pas soupçonné un instant qu'il pourrait commettre une bêtise. C'est seulement plus tard que j'ai appris ce qui s'était produit... J'ai essayé plusieurs fois d'entrer en contact avec lui. Je me suis adressé au Théâtre de Green Cove, à l'Union des comédiens. Mais Michel Santerre semblait s'être évaporé. Et le corbillard aussi. Il y a longtemps maintenant que la police a été avertie du vol. Elle poursuit l'enquête...

— Et l'accident alors? murmura Chantal. Comment a-t-il pu survivre à l'accident?

Il y eut un long silence. Les regards des deux garçons se croisèrent. Luc hocha lentement la tête.

— Oui, l'accident, dit Dominique. Nous en avons déjà parlé, Luc et moi. C'est le seul morceau du casse-tête qui ne s'emboîte pas encore avec le reste. Un morceau important, j'en conviens.

— Nous n'avons pas le choix, ajouta Luc. Il faut retrouver Michel Santerre et lui soutirer le reste de l'histoire.

Luc a peur lui aussi, se dit Chantal. *Il a fait une sottise en aidant Michel à « emprunter » le corbillard. Il peut être accusé de complicité. En tout cas, nous sommes au moins deux maintenant à avoir intérêt à retrouver le gars.*

— Je pense qu'il va tenter une nouvelle fois de prendre contact avec Chantal, dit Luc.

— Laissons Chantal en dehors de tout ça, tu veux bien? Elle en a eu plus que son quota de ton comédien fou.

— Ce n'est pas moi qui ai mis Chantal dans cette situation. Je regrette, mais en ce moment, Michel Santerre prend ses décisions tout seul. Et s'il choisit de relancer Chantal, nous ne pouvons pas l'en empêcher.

— Luc a raison, Dominique. Je suis déjà plongée dans l'affaire par-dessus la tête. Si Michel Santerre me demande de le revoir, je devrai accepter. C'est peut-être notre seule chance de l'arrêter.

14

Trois jours s'étaient écoulés. Toutes les fois que le téléphone sonnait, Chantal se précipitait pour répondre. Elle saisissait le récepteur en le serrant très fort dans sa main. Mais elle attendait pour parler. Elle restait toute raide, immobile et silencieuse, l'oreille collée sur l'appareil, à écouter respirer son interlocuteur.

Chantal avait peur. Et plus le temps passait, plus cette peur grandissait. Elle avait beau se raisonner, se dire que Michel Santerre n'oserait jamais venir la traquer jusque chez elle à Sherbrooke, se répéter que l'énigme était à toutes fins utiles résolue puisqu'on connaissait maintenant l'identité de son persécuteur, les transes de la peur ne lâchaient pas prise. Il lui arrivait de se mettre à trembler de froid. Elle voyait la peau de ses bras se couvrir de ces petites cloques hérissées qu'on appelle la chair de poule. Cela pouvait survenir à n'importe quel moment de la journée, sans raison particulière, simplement parce qu'elle subissait une tension affreuse et que la perspective de recevoir un nouvel appel l'obsédait totalement.

Les parents de Chantal s'étaient fait convaincre de passer l'éponge sur sa fugue à Hamstead. Leur fille était revenue en piteux état. Dominique avait joué le rôle du brave chevalier ramenant la princesse au château, mais Chantal en larmes avait dû jurer qu'elle ne recommencerait plus. Maurice et Régine Carter étaient bouleversés. Pour eux, le cauchemar qui avait débuté la nuit de l'accident semblait ne pas vouloir prendre fin. Au cours des trois jours qui suivirent l'épisode de Hamstead, Chantal sentit leur surveillance se resserrer. Ses parents se méfiaient d'elle, ils continuaient de redouter ses réactions bizarres et inattendues. En tournant en rond autour du téléphone et en affichant une mine nerveuse et angoissée, Chantal ne faisait rien pour calmer leurs appréhensions.

Puis enfin, au matin du quatrième jour, il se produisit du nouveau. Le téléphone sonna, Chantal répondit, et sa mère qui n'était pas loin la vit devenir blanche comme un drap.

— Luc a retrouvé la maison où se cache Michel Santerre, disait Dominique. Ce n'est pas très loin de Hamstead, sur le bord de l'autoroute. Nous aurions dû y penser avant. Il y a une ancienne grange que les Sépulcres ont convertie en studio pour leurs répétitions. Le groupe est en tournée depuis plusieurs semaines, et notre bonhomme en a profité pour s'installer dans leur local. Je doute que Patrick Janelle lui ait donné la permission.

— Luc lui a-t-il... parlé?

— Non. Il ne l'a pas encore vu. Mais il a trouvé le corbillard, dissimulé sous une bâche dans la cour arrière. Pas de doute, c'est bien le repaire du faux Johnny. Nous le tenons.

— Que devons-nous faire?

— Luc, Lise et moi avons décidé d'aller l'attendre ce soir. Nous sommes prêts à faire le guet toute la nuit s'il le faut, mais nous pincerons ce maniaque.

— Je vais avec vous.

— Non, ce n'est plus nécessaire maintenant. Luc veut prendre l'affaire en main. Il en a gros sur la conscience à cause de ce qui t'est arrivé. Il a des comptes personnels à régler.

— Moi aussi.

— Tu oublies que ça peut être dangereux. Un gars qui menace de t'entraîner en enfer, c'est un gars qui pourrait te faire beaucoup de mal.

Non. Tu te trompes, mon pauvre Do-

minique. Malgré tout ce qu'il a fait, je suis certaine qu'il n'a pas envie de me faire du tort. Il est cinglé. Et... amoureux. C'est un pauvre garçon qui se prend pour le spectre de Johnny Abbott et qui m'aime. Il veut seulement que je vienne avec lui... là où il pense être. En enfer...

— Dominique, pas question que je reste ici. Je vais avec vous.

— Et tes parents?

— Raconte-leur quelque chose, je t'en supplie. Ils te font confiance, à toi. Dis-leur que nous allons au cinéma. Ils marcheront.

Il était six heures trente quand Dominique vint chercher Chantal chez elle. Luc et Lise étaient déjà dans l'auto. Luc avait l'air grave et décidé de quelqu'un qui veut en finir une fois pour toutes. Quant à Lise, elle était nerveuse, mal à l'aise. Elle avait été complice du coup monté au départ et, maintenant, elle évitait d'affronter le regard de son amie. Chantal aperçut des lampes de poche et des cordes sur le siège arrière. Luc avait un couteau. Elle n'osa pas lui demander pourquoi.

La grange qui servait de local aux Sépulcres était située tout près de l'autoroute, à la hauteur de la sortie de Hamstead. Une rangée d'arbres la dissimulait à la vue. L'endroit était discret: de la route, on pouvait à peine soupçonner son existence.

Dominique gara sa voiture suffisamment loin de la grange pour ne pas être repéré. Il choisit tout de même un endroit stratégique qui lui permettrait de gagner l'autoroute en vitesse si jamais Johnny s'échappait avec son corbillard.

Le groupe se dirigea à pied vers le bâtiment. Il n'y avait aucune autre lumière qu'un carré de clarté pâle qui s'échappait d'une lucarne sous le toit. Cette clarté était cependant de bon augure, elle laissait espérer que Michel Santerre se trouvait à l'intérieur.

— Gardez les lampes de poche éteintes, dit Dominique, et faites le moins de bruit possible.

— Attention où vous marchez alors, dit Lise. Il y a pas mal de brume dans les environs.

— Oui, dit Luc. C'est à cause de l'étang.

— Un étang ? demanda Dominique. Où ça ?

— Sur la droite, de l'autre côté de la grange. Il n'a pas l'air bien grand, mais je le soupçonne d'être entouré de marécages.

À l'extérieur, la grange paraissait tout à fait anonyme. Rien n'indiquait que l'endroit avait été aménagé en un local pour rockers. Peut-être les Sépulcres tenaient-ils à répéter loin des oreilles et des regards indiscrets.

Peut-être aussi se livraient-ils à d'autres activités, pas toujours très légales.

— Il ne doit pas être bien loin, dit Luc. Le corbillard n'a pas bougé.

— C'est verrouillé, dit Dominique en essayant d'ouvrir la porte avant de l'ancienne grange.

— Il y a une autre porte plus petite à l'arrière, dit Luc. Lise et moi nous allons tenter notre chance de ce côté-là. Restez ici tous les deux, au cas où il essaierait de s'enfuir.

Dominique et Chantal se postèrent de chaque côté de la porte avant. Une minute plus tard, Lise leur ouvrait de l'intérieur.

— Il n'est pas là, dit-elle. Luc est en train de fouiller les lieux par acquit de conscience, mais je crois que nous allons devoir attendre son retour.

— Entrez donc voir un peu, leur cria Luc. Ça en vaut la peine. Si vous avez envie de visiter l'enfer!

15

— Tu parles d'un bordel! s'exclama Dominique en entrant à son tour.

Un désordre complet régnait à l'intérieur du bâtiment. On aurait pu croire qu'il venait de se produire un cambriolage et que tout avait été fouillé. Il y avait des vêtements crasseux étendus n'importe où par terre, de la vaisselle cassée, des meubles renversés, de vieilles boîtes de conserve à moitié vides, des papiers gras et souillés. Dans un coin, s'entassaient pêle-mêle des haut-parleurs défoncés et quelques guitares en piètre état. Les Sépulcres avaient sans doute emporté avec eux la plus grande partie de leur équipement. Ce qui restait paraissait avoir été mis à jamais hors d'usage.

Il n'y avait pas que le fouillis qui frappait. Des rites innommables avaient eu lieu ici. Des symboles sataniques couvraient les murs à cet endroit, tracés avec une encre rosâtre empestant le sang corrompu et l'urine. Sur une sorte de longue table trônant comme un autel dans un coin de la pièce principale, près d'un petit poêle à bois, s'étalaient des plats et des ustensiles sales, couverts de ce qu'on pouvait prendre à première vue pour des restes de nourriture : des taches de sang séché, des ossements de petits animaux, des coquilles d'œuf. En approchant, on s'apercevait que ces restes n'avaient pas servi à la consommation humaine. Des odeurs effroyables s'en dégageaient, des odeurs d'immondices calcinés. Dans un grand bocal agonisaient des dizaines de grosses araignées et, à côté du poêle à bois, au fond d'un chaudron, grouillaient encore des vers, des sangsues et des blattes grasses à demi écrasées.

— Le gars qui a fait ça ne joue pas la comédie, dit Lise.

— Même que... commença Luc.

— Même que quoi ?

— Ouais, je sais à quoi tu penses, dit à son tour Dominique.

— Il y a longtemps que cette idée me tourne dans la tête. Mais en voyant maintenant toutes ces... ces folies, je suis de plus en plus convaincu d'une chose : c'est que Michel Santerre et Johnny Abbott sont le même individu.

— Mais Johnny est mort dans un accident l'an dernier ! protesta Lise.

— C'est ce qu'on nous a dit, rétorqua Luc. Mais nous n'y étions pas. Et de toute façon, le corps qu'on a ramassé sous les roues du camion n'était pas identifiable.

— Je n'ai aucune idée de la façon dont il a pu s'y prendre, ajouta Dominique, mais Johnny aurait pu profiter de cet accident pour disparaître de la circulation et prendre une nouvelle identité.

— Et moi, en lui demandant tout bêtement de jouer le rôle de Johnny Abbott, je lui ai permis de réintégrer sa véritable personnalité.

— Vous vous laissez emporter, les gars, avec votre histoire à dormir debout, dit Lise. Mais que ce soit Michel Santerre qui se prenne pour Johnny Abbott, ou Johnny Abbott qui se cache sous le nom de Michel Santerre, il y a une chose de sûre, c'est que nous avons affaire à un cinglé de la pire espèce. Il faut le faire enfermer.

Chantal n'avait pas prononcé un mot depuis qu'elle était entrée. Elle venait d'apercevoir quelque chose, et son cœur avait cessé de battre un moment. Dans un recoin de la grange, les Sépulcres avaient collé des affiches de leurs spectacles. La plupart avaient été arrachées et déchirées, comme sous le coup de la colère. Celles qui restaient avaient été barbouillées. Le visage de Patrick Janelle en particulier était systématiquement couvert d'une matière brune et malodorante que Chantal identifia sans peine.

Mais ce ne sont pas ces manifestations de haine qui l'ébranlaient le plus. À côté des affiches en lambeaux, il y avait un graffiti au mur, formé de grosses lettres rouge sang. Un nom, un seul : CHANTAL.

— Sortons d'ici, dit-elle, toute pâle. Je vais être malade...

Les autres ne se firent pas prier pour aller prendre l'air. La nuit était froide et humide. Elle transportait des odeurs diffuses de feuillage automnal en décomposition. Cependant, ces odeurs-là étaient infiniment plus supportables que les relents fétides qui empoisonnaient l'atmosphère à l'intérieur de la grange.

En sortant, Dominique scruta les parages.

— Qu'est-ce qu'on fait maintenant ? demanda Lise.

— On l'attend ici ou on part à sa recherche, répondit Luc.

— Inutile. Je crois que je le vois, dit Dominique. Regardez là-bas, de l'autre côté de l'étang, on dirait que quelqu'un a allumé un feu.

— Tu as de bons yeux, répondit Luc. On

ne voit presque rien à cause de la brume.

— J'ai aperçu une lueur moi aussi, dit Chantal. Quelqu'un fait brûler quelque chose, là-bas.

— On y va, dit Dominique.

Avant de s'aventurer dans la brume, Luc approcha du corbillard. Il souleva un coin de la bâche brune qui couvrait le véhicule, dégageant à la vue un de ses énormes pneus noirs. Puis il enfonça la lame de son couteau dans le caoutchouc. Il n'y eut pas d'éclatement, mais le pneu perdit son air très rapidement.

— Une précaution, dit Luc. Il ne pourra pas nous refaire le coup de l'autre jour.

C'est aux abords de l'étang que la brume se faisait le plus dense. Un épais rideau de goutelettes d'eau en suspension dans l'air scintillait dans la noirceur. Il faisait un froid presque hivernal, chargé d'humidité. De nombreux arbres avaient perdu leurs feuilles et leur cadavre décharné se détachait contre le ciel. Le sol était jonché de leurs décombres pourrissants, formant un tapis qui craquait sous les pas. Dominique marchait le premier, suivi de Chantal, de Lise et enfin de Luc. Ils avançaient avec précaution, en prenant pour repère la lueur du feu qui brillait faiblement de l'autre côté de l'étang.

Ce fut plus long et plus difficile que prévu. Luc avait sous-estimé les dimensions de l'étang. Les eaux marécageuses s'étendaient en réalité sur près d'une centaine de mètres jusque dans les bois. À peu près au milieu, une pointe de terre rocheuse formait une échancrure. C'est là que s'élevaient les dernières flammes d'une sorte de feu de camp, entouré du halo vaporeux de la brume.

Une silhouette humaine était accroupie devant le feu, immobile comme une statue.

— Qu'est-ce qu'il fait ? demanda Lise en chuchotant. Il dort ?

— Peut-être qu'il prie, dit Luc.

— Est-ce bien lui ? demanda Dominique. Vous le reconnaissez ?

— Oh oui, répondit Chantal. C'est bien lui. Je le sens.

Ils s'approchèrent encore. Ils n'étaient plus qu'à quelques mètres de lui maintenant. Dominique fit signe aux autres d'entreprendre une manœuvre d'encerclement. L'homme accroupi n'avait toujours pas bougé. Le cercle se referma sur lui.

Luc le premier approcha la main pour lui toucher l'épaule. L'homme tressaillit en poussant un gémissement étouffé. Puis il leva la tête, et les flammes éclairèrent son visage. C'était Michel Santerre, sans aucun doute, mais ses traits n'étaient plus que la caricature de ceux de Johnny Abbott. Il avait la peau étirée, pâle, couverte d'une barbe rugueuse. Sa bouche était sale, tordue, et un filet de bave grisâtre lui coulait aux commissures des lèvres.

Il n'avait plus ses lunettes noires. Ses yeux hagards, enfoncés dans leur orbite, paraissaient absents. Ils n'arrivaient plus à fixer quoi que ce soit. L'homme ne fit aucun geste pour résister quand les autres le prirent par le bras pour le soulever. Il resta debout, planté devant eux, les épaules courbées et la tête basse.

Chantal tremblait de froid. Elle n'osait pas lever les yeux vers lui. Son regard errait sur le sol. Le cri qu'elle poussa fit sursauter les autres.

— Mais qu'est-ce que tu as ? demanda Lise.

Chantal, muette, montrait quelque chose d'un doigt tremblant, une plaque de granit gris posée à plat près du feu. Et sur cette plaque, il y avait un nom gravé : Jonathan Abbott.

— Une pierre tombale, dit Luc en se penchant. Je me rappelle maintenant. Les curés s'opposaient à ce que Johnny soit enterré dans un cimetière chrétien. Ce sont les

Sépulcres qui ont finalement hérité de ses cendres.

— Et lui alors, qui est-il ? demanda Dominique en braquant sa lampe de poche sur le visage de Michel Santerre.

Chantal osa le regarder enfin. Cette tête sale, perdue, comme plongée dans les transes de la folie, était-ce bien celle de l'homme qui l'avait fait monter dans son corbillard, qui l'avait fait danser, qui l'avait embrassée... Était-ce celle du garçon qui l'avait attirée dans un piège à Hamstead, à peine quelques jours auparavant ?

Il avait l'air si misérable maintenant. Mais Chantal était incapable de ressentir la moindre compassion pour lui. Seulement du dégoût. Un dégoût profond, total, auquel participait chaque parcelle de son corps.

— Michel Santerre ! Hé ! Est-ce que tu m'entends ? Regarde par ici ! C'est moi, Luc Gauthier !

— Il a l'air complètement parti, dit Lise. Je doute qu'il te réponde.

L'homme ne semblait prêter aucune attention à leur présence. Il restait debout, la tête baissée, la mine indifférente à tout ce qui se passait. De temps à autre, les muscles de son visage tressaillaient comme en un spasme et des bulles de salive se formaient autour de sa bouche. Puis de brusques frissons parcouraient son corps.

— Laissez-moi essayer quelque chose, dit Dominique. Johnny! Johnny Abbott, écoute-moi.

L'homme se mit aussitôt à s'agiter de façon incohérente. Il balança les bras dans toutes les directions, il plia et déplia les jambes, sa tête parut tourner autour de son cou. Finalement, il s'écroula à genoux.

— Aidez-moi à le relever. Nous n'en tirerons rien ici.

— Regardez! s'écria Lise. On dirait qu'il sanglote.

L'homme s'était recroquevillé comme un petit enfant terrorisé. Il avait les mains serrées sur sa tête et il gémissait. Puis ses gémissements devinrent des mots.

— Aidez... moi... par pitié... *Il* s'est emparé... de moi...

— Qu'est-ce qu'il raconte? demanda Lise.

— Il se croit possédé par l'esprit de Johnny, dit Luc. J'ai peur qu'il ne fasse une crise d'épilepsie ou quelque chose du genre. Il faudrait l'attacher. Où sont les cordes?

— Attends un peu, protesta Lise. C'est peut-être dangereux. Nous ne savons même pas à qui nous avons affaire.

— Bon, alors voici ce que nous allons faire, dit à son tour Dominique. Les filles, vous allez prendre la voiture et rouler jusqu'à Hamstead. Trouvez un téléphone. Celui de la grange est hors d'usage. Et faites venir une ambulance. Luc et moi, nous restons avec lui.

— Je... je ne pourrai pas... dit Chantal, extrêmement pâle, qui grelottait de tout son corps dans son coin.

— Je m'occupe d'elle, dit Lise. Nous n'aurions pas dû l'emmener avec nous. La pauvre petite, ça l'a bouleversée.

Dominique s'approcha de Chantal et lui caressa doucement la joue.

— Ça va aller ? demanda-t-il.

Elle le regarda en s'efforçant de sourire. Puis elle hocha affirmativement la tête.

— Merde, il nous échappe !

C'est Luc qui venait de crier. Michel Santerre avait profité de la diversion pour se lever brusquement et courir de toutes ses forces en direction de la grange.

— Crise d'épilepsie, mon œil, dit Dominique. Il faut le rattraper.

Les deux garçons s'étaient élancés aux trousses du fugitif. Lise resta aux côtés de Chantal, devant le feu. La brume parut s'épaissir lentement autour d'elles. Chantal se laissa aller à pleurer à chaudes larmes.

— Allons, c'est fini, lui dit Lise doucement, en la prenant par les épaules. Nous
n'aurons plus d'ennuis avec lui.

— Ce n'est pas lui, répondit Chantal entre deux sanglots. Ce n'est pas Johnny...

— Mais qu'est-ce que tu racontes ?

— Ses yeux... Tu as vu ses yeux ? Ils sont
bruns.

16

Le temps paraissait suspendu. Chantal se sentait engourdie. C'est à peine si elle avait conscience de la présence de Lise. Pour elle, il n'y avait plus seulement que le froid, un froid total qui lui semblait venir de l'intérieur. Le feu se mourait. Il n'en restait plus qu'un nid de braise rougeoyante maintenant. Au-delà, s'étendaient le brouillard, l'étang, les ténèbres.

Soudain, des cris montèrent dans la nuit.

— Par là, Dominique ! Attends un peu, on va le coincer !

— Attention ! Il court vers la route.

— Saloperie ! J'ai les deux pieds dedans. Hé ! ça cale !

— Luc !

— Au secours !

Lise avait tout entendu elle aussi. Elle se tourna brusquement vers Chantal.

— Mon Dieu, il est tombé dans le marécage. Ne bouge pas d'ici, je reviens tout de suite.

Chantal sortit de son état de torpeur. Elle leva la tête pour dire « Attends-moi », mais son amie avait déjà disparu. Elle se sentit défaillir.

Est-ce possible ? Ils m'ont laissée toute seule ! Ils m'ont abandonnée. Tous ! Et maintenant, je suis vraiment toute seule, au beau milieu de la nuit, au beau milieu de l'étang, au beau milieu de la brume. Devant la tombe de Johnny…

Les cris avaient cessé, mais des bruits d'enfer se mirent à déchirer la nuit. Ce fut d'abord le clairon sinistre et prolongé du klaxon d'un camion, puis le grincement métallique de roues énormes obligées de s'arrêter en catastrophe. Quelqu'un hurla.

Le silence revint à nouveau, un bref instant. Chantal écouta encore. La voix de Dominique, lointaine maintenant, étouffée par la brume, parvint jusqu'à elle.

— Chantal ! Par ici, vite ! Michel Santerre vient d'être frappé par un camion !

Qui ? Johnny ? Il s'est fait renverser par un camion ? N'est-ce pas sa façon à lui de mourir ?

Chantal se releva péniblement et ramassa sa lampe de poche. Elle voulut l'allumer, mais aucune lumière n'apparut. Les piles étaient sans doute à plat. Elle s'y attendait. Au fond d'elle-même, elle savait que tout ce qui se passait en ce moment avait été planifié, préparé de longue date. On lui avait tendu un piège. Michel Santerre n'avait fait que servir d'appât. Et maintenant que l'appât avait rempli son rôle, on n'en avait plus besoin. Johnny s'était débarrassé de Michel Santerre en l'envoyant se faire écraser sous les roues d'un poids lourd.

Et les autres l'avaient abandonnée. Ce n'était pas leur faute. Ils agissaient comme des marionnettes. Des marionnettes au service de Johnny. Et Johnny avait voulu qu'elle reste seule à présent, totalement seule dans le noir. On ne voyait rien à dix pas. La forêt elle-même paraissait engloutie sous la brume. On pouvait seulement l'entendre. Elle crépitait. C'était le crépitement des nuits d'automne, moins féroce mais plus sinistre encore que celui des nuits d'été. Car l'automne, la nuit, il y a plein de petites bêtes visqueuses qui profitent de la nature pourrissante pour monter à la surface du monde. Elles ont des anneaux luisants, recouverts de poils drus, elles ont des pattes frétillantes qui s'agrippent aux morceaux de feuilles mouillées et qui nagent à travers la boue. Elles ont des mandibules avec des crochets pour découper et ronger. Elles se faufilent, toutes baveuses, à l'intérieur des bêtes mortes de froid en grignotant leurs corps puants. Ce sont elles, ces créatures immondes venues des orifices de la terre, qui produisent les crépitements de la nuit, l'automne.

Chantal s'était mise en marche. Elle avançait droit devant elle, sans savoir où elle allait. Elle était perdue. Elle ignorait quelle direction elle avait prise. Et elle n'avait pas assez de force pour appeler au secours. Tout ce qu'elle arrivait à faire maintenant, c'était marcher en ligne droite, comme une somnambule, comme une poupée mécanique, entourée des crépitements d'une nuit brumeuse d'automne. C'est à peine si elle sentait l'humidité cotonneuse et glaciale lui coller aux cheveux et dégouliner sur son front, ses joues, son cou.

Un temps indéfini passa. Chantal réalisa soudain qu'elle marchait dans une épaisse boue qui clapotait sous ses semelles. Elle ne s'arrêta pas. Elle avait l'impression de plonger dans un monde obscur et irréel. Comme cette fameuse nuit de l'accident, quand elle était sortie de sa luciole.

Ce n'était pas la réalité. Ce n'était pas un rêve non plus. C'était quelque chose d'autre, un état intérieur, différent, un monde irréel qu'elle arrivait pourtant à imaginer dans le moindre détail.

Et dans ce monde, il y avait une lumière.

Une lumière qui l'appelait. Une lumière jaunâtre vers laquelle elle était irrémédiablement attirée. Le reste n'avait plus d'intérêt. Ses amis, l'accident, le mystère qu'elle avait vécu depuis des mois, tout cela lui semblait si lointain maintenant, comme appartenant à une autre vie.

Ou à quelque chose qui n'était pas tout à fait la vie.

Chantal se rapprochait de la lumière. Ou plutôt, n'était-ce pas la lumière qui se rapprochait ?

Seule cette lumière comptait, une lumière jaune dans la nuit Elle était ce qu'il y avait de plus important au monde. Car ce qui brillait dans cette lumière était plus fort que la vie, plus fort que la mort, plus fort que tout.

Il y avait deux lumières maintenant. La lumière s'était dédoublée. Il était naturel qu'il y ait ainsi deux lumières jaunes qui brillent dans la nuit. Car au-delà des lumières, il y avait Johnny. Le vrai Johnny.

Il était là. Il l'attendait, appuyé sur l'énorme carcasse noire de son corbillard. Comme cette autre nuit où il l'avait emmenée avec lui en enfer. Et maintenant, il voulait l'emmener encore. Il avait essayé en vain de revivre à travers le corps d'un pauvre comédien, mais cela n'avait fait que rendre fou le malheureux.

Et maintenant, Johnny avait compris qu'il ne pourrait plus jamais retourner dans le monde des vivants. Michel Santerre était mort. C'était au tour de Chantal de venir rejoindre Johnny dans l'autre monde.

Il avait enlevé ses lunettes. Il avait mis ses yeux mauves, ses yeux de velours au centre desquels brillait le feu de l'enfer.

— Je t'aime, dit-il en tendant les mains vers elle. Toute ma vie, j'avais espéré rencontrer une fille comme toi. Viens. Rejoins-moi.

— Non... Je t'en supplie...

— Nous serons heureux, tous les deux. Je t'aime.

— Non...

— Tu m'aimes.

— Non...

— Oui. Tu m'aimes aussi.

— Oui...

— Alors, viens.

Quelque chose se referma autour de Chantal. L'espace d'une seconde, elle crut qu'elle s'était enfoncée dans le marécage et qu'elle avait de la vase par-dessus la tête.

Mais c'était peut-être aussi la portière noire du corbillard qui se refermait sur elle.

— Sauve-moi ! s'écria-t-elle alors. Si tu m'aimes, Johnny, sauve-moi !

17

Mal…

J'ai si mal…

La brume noire s'était levée. Ses yeux pouvaient enfin s'ouvrir. Des fragments de voix transportaient des mots jusqu'à elle.

— Elle a bougé ! Regardez ses lèvres. Elle va se réveiller. Merci, mon Dieu.

Maman ?

— Chantal, ma chérie. M'entends-tu ? C'est nous. Tu nous as donné une sacrée frousse.

Je ne suis pas en enfer alors ? Que s'est-il donc passé ? J'aurais dû mourir. Il me semble que je reviens d'un très long voyage.

Ils étaient bien là, Maurice et Régine Carter, comme les fidèles parents qu'ils avaient toujours été, avec leurs visages bienveillants, leurs yeux tristes et leurs traits tendus.

— Tu es à l'hôpital, mon amour, dit son père. Tu as eu un accident sur la route du camp. C'est ton ami Dominique qui t'a ramenée.

— Un accident?

— Oui, ta luciole est entrée dans un fossé et elle a même percuté un arbre. Tu as perdu connaissance. Nous avons eu peur que tu ne te réveilles jamais.

— J'ai eu un accident? Sur la route du camp? Mais il y a combien de temps?

— Je sais, répondit Régine Carter. Ça va te paraître incroyable. Mais tu es restée inconsciente pendant trois longues journées.

— Trois jours... Mais alors, quelle date sommes-nous?

— La date? Quelque chose comme le 30 août. Pourquoi?

Oui... Pourquoi est-ce que je demande ça? Pourquoi ai-je l'impression que des mois se sont écoulés?

— Je ne me rappelle pas très bien ce qui s'est passé, dit-elle encore.

J'ai rêvé...

— Regarde qui est avec nous.

Johnny?

— Salut, dit Dominique en entrant.

Ce bon vieux Dominique... Pourquoi l'ai-je appelé Johnny? Qui est Johnny? Personne. Je ne connais absolument personne du nom de Johnny.

Mon Dieu, je dois être mêlée…

— Comment te sens-tu ?

— Plutôt mal. Je pense que je ne me suis pas très bien conduite, n'est-ce pas ?

— On a déjà vu mieux, répondit Dominique en lui faisant un clin d'œil.

— Je pense que j'ai rêvé pendant que j'étais inconsciente...

— Il paraît que ça arrive. J'espère que tu as rêvé un peu à moi alors. À propos, Hélène attend de tes nouvelles. Elle a bien hâte que vous repreniez l'entraînement toutes les deux.

Chantal fit oui de la tête. Son cou lui faisait mal. Elle avait aussi des douleurs partout sur le corps. Le médecin vint la voir. Il lui assura qu'elle n'avait rien de sérieux. Son front avait heurté le pare-brise et elle avait eu une commotion.

Chantal referma les yeux, prête à se rendormir. L'espace d'une seconde, quelques images fugaces lui revinrent en mémoire, mais elle les chassa aussitôt. Il y avait une voiture qui éclairait la nuit. Et aussi un feu qui agonisait au bord d'un étang. Des souvenirs déformés de la nuit de l'accident sans doute.

Dominique s'était penché pour lui prendre la main. Elle se laissa faire. Elle avait très envie en ce moment que Dominique Martel lui tienne la main.

— Cette route est affreusement dangereuse, affirmait madame Carter à l'adresse d'une infirmière. Savez-vous que la même nuit où ma Chantal a eu cet accident, quelqu'un d'autre s'est tué, pas tellement loin de là ? Un jeune homme.

— Vous le connaissiez peut-être ? demanda Maurice Carter à Dominique et à Chantal. Comment s'appelait-il déjà ?

— Michel Santerre, répondit sa femme. C'était un comédien de la région.

— Michel Santerre ? Non, ça ne me rappelle rien, dit Dominique. Et toi, Chantal ?

— Rien du tout. Pauvre garçon...

Chantal tourna la tête sur le côté. Elle regardait Dominique, ce brave et sérieux Dominique. Un chic type au fond, un gars sur qui elle pouvait compter. Elle ne savait pas pourquoi, mais elle avait confiance en lui. Elle retrouvait confiance en elle-même aussi. En ce moment, elle aurait pu faire confiance au monde entier.

Sur la table de chevet à côté de son lit, on avait mis quelques babioles qui lui appartenaient : sa montre, un bracelet de perles, les boucles d'oreille qu'elle avait portées le soir du party. Et il y avait aussi un petit objet qui intrigua Chantal, car elle était incapable de le reconnaître. C'était un morceau de métal chromé.

D'où ça vient, ça? Je suis certaine de l'avoir ramassé quelque part. Oui, j'ai dû le ramasser sur le bord d'une route. Mais où?

Et pourquoi?

Une voix en elle lui dit que ça n'avait plus d'importance maintenant et qu'elle ferait mieux de ne pas poser de questions. Tout était fini maintenant.

Tout était bien fini.

N'est-ce pas?

Table des chapitres

Chapitre 1 7

Chapitre 2 19

Chapitre 3 27

Chapitre 4 41

Chapitre 5 51

Chapitre 6 57

Chapitre 7 65

Chapitre 8 75

Chapitre 9 85

Chapitre 10 93

Chapitre 11 101

Chapitre 12 109

Chapitre 13 117

Chapitre 14 127

Chapitre 15 133

Chapitre 16 145

Chapitre 17 151

ÉCHOS
une collection à trois niveaux

Conçue pour les adolescents, la collection ÉCHOS vous propose trois niveaux de lecture, aux difficultés variables, spécialement adaptés à vos goûts et à vos préoccupations.

- Niveau I : 12 ans et plus
- • Niveau II : 14 ans et plus
- • • Niveau III : pour les jeunes (et moins jeunes) adultes

(Ces références sont données à titre indicatif, le niveau de lecture variant sensiblement d'un lecteur à l'autre.)

La collection ÉCHOS met en évidence tout le talent et le dynamisme des écrivains de chez nous. Elle propose plusieurs genres et plusieurs formes afin que chaque lecteur puisse y trouver de quoi satisfaire ses préférences : romans, contes, nouvelles, science-fiction, aventures, histoires, humour, horreur, mystère... au choix de chacun !

Reflet de notre époque, la collection ÉCHOS espère servir de trait d'union entre différentes générations.

COLLECTION ÉCHOS

Niveau I :

Un été en ville par Odette Bourdon
La chasse aux vampires par André Lebugle
    (finaliste prix *Logidec* 1993)
J'ai peur, moi ? par André Lebugle
Drôle de Moineau par Marie-Andrée Boucher-Mativat
    (prix *Monique-Corriveau* 1992)
Un voyage de rêve par Danielle Simard
C'est pas tous les jours Noël par Danielle Simard

Niveau II :

L'empire chagrin par Camille Bouchard
Pleine crise par Claudine Farcy
    (prix *Alvine-Bélisle* 1992)
Le paradis perdu par Jean-Pierre Guillet
Destinées par Jean-Pierre Guillet
Charlie Bouton par Micheline Mercille-Taillefer
Le gratte-mots par Marie Page
    (prix *Alfred-Desrochers* 1993)
Le cercle de Khaleb par Daniel Sernine
    (prix *Logidec* 1992 et prix « *12-17* » 1992)
Ludovic par Daniel Sernine
Élisabeth tombée au monde par Marie-Andrée
    Warnant-Côté
Le corbillard par Brian Eaglenor

Niveau III :

L'Atlantidien par Pierre Chatillon
Ailleurs plutôt que demain par Laurent Lachance
Journal d'une effrontée timide par Annie Lavigne
Colomb d'outre-tombe par Michel Savage
Les lucioles, peut-être par Camille Bouchard
Les Portes mystérieuses par Daniel Sernine

ACHEVÉ   D'IMPRIMER
EN   SEPTEMBRE   1994
SUR   LES   PRESSES   DE
PAYETTE & SIMMS INC.
À SAINT-LAMBERT (Québec)